張小嫻

AMY CHEUNG

愛情王國

後來
我學會了
愛自己

張小嫻

序

好好愛自己就是你對自己的一往深情

《後來我學會了愛自己》是我多年來的散文結集，重讀這些年所寫的文章，一邊讀一邊回想當初寫下這些文章的心情與那時所寫的人和故事，竟有一種久別重逢的感覺。都說物是人非，我很慶幸，文章裡的人大部分都在，許多事情卻也許改變了；雖然改變了，終究是我當時所愛的東西，也是我那一刻最真實的感情。

在〈一生一愛〉這篇散文裡，我說：「假如一生只能擁有一瓶香水，我會選Nina Ricci（蓮娜．麗姿）的L'Air du Temps（比翼雙飛），它是我收到男生送的第一瓶香水。雖然我後來買過很多別的香水，雖然我總是買了香水回家又常常忘記擦香水，但它終究是難忘的第一次。也許，等到我六十歲生日的那天，我會再買一瓶，讓記憶的香味在我老去的鼻子周圍繚繞，懷念愛情初始的甜蜜。」沒想到，還沒等到六十歲，就在我重讀這篇文章的一個月前，我剛好又買了一瓶。可惜，從前的水晶瓶子成本太高，早已換成玻璃瓶子，瓶塞那一雙比翼齊飛的鴿子也變成了塑料，幸好，是跟從前一樣的香味，對我來說，那是回憶的味兒，是沒法取代的青春。

我又說，假如一生只能喝一種酒，我會挑粉紅香檳。Ruinart（汝納特）的粉紅香檳是不錯的選擇，它很好喝，我喜歡看著玫瑰色的氣泡在杯子裡飄飛，那麼燦爛又那麼短暫。事隔多年，我的酒量早已比不上當天，可我始終迷戀粉紅香檳。

我也在文章裡說，假如一生只能讀一本書，我會選賈西亞·馬奎斯的《百年孤寂》。這部小說，我每年也會重讀一遍，不同的年紀讀它，會讀到不同的味道，我曾讀到愛情、讀到命運、讀到魔幻、讀到歡愉和悲傷，最近一次，我讀到了人世間的荒涼。

在〈你是什麼氣味的？〉這篇散文裡，我寫道：「我從來不知道自己是什麼味道的，曾經有一個人告訴我：『你身上有著嬰兒剛剛喝完牛奶的氣味。』

那一定是因為我喝牛奶喝得太多的緣故了。」往事重回心頭，我記得是誰跟我說過這句話，只是忘記了什麼時候說的。最奇妙的，是我在往後許多年已經很少喝牛奶，每天早上只喝豆漿，直到去年，因為胃不好，又找到很好喝的牛奶，我重新愛上牛奶，它始終是我的最愛。天天喝牛奶，我身上會不會再有一股奶酥味兒？可惜，我聞不到自己的味道。那個說我身上有牛奶味道的人，也曾對我說：「你是不愛我的，但我愛你。」那時候，我還不能夠理解這種感情，我也不同意。後來，我不得不承認，我沒有他愛我那麼愛他，我也不浪漫，但我是被一個很高貴的人愛著。這輩子，是他提升了我，是他讓我學會愛。

許多人說，那些美麗的愛情故事和童話故事從來就沒有說到後來的事，譬如說，睡公主和她的王子後來幸福嗎？可是，我們又為什麼要知道後來的故事？現實人生裡，有些故事不如當初美好，甚至沒有後來，有些故事卻比當天幸福。在世間的無常變幻裡，有什麼是永恆的？我只知道，後來，許多事情都改變了。

從這一刻到遙遠的後來，不都是過程嗎？有些愛情，回頭再看，只是當時寂寞；有些愛情，曾經如許深刻，卻黯然消逝。愛恨、苦樂、榮辱，如同聚散，俱是過程。若干年後，當你回首，恍然明白，你走過的路，是必然的；你曾經以為是偶然，只是一開始看起來好像是偶然而已。這世上哪裡會有偶遇呢？有些遭遇和經歷，甚至愛過的人，你以為是自己的無知、愚蠢和不幸，卻也不是偶然，你必須經歷這一切，才會長大和老去。我們每個人，也要走過一段又一段路，翻山越嶺，百折千迴，然後遇到那個對的人，或者那個更好的自己。

孩子最早愛上的是照顧他的人，他給他吃的、愛他、保護他。漸漸長大，他愛的是自己，他會占著那些他認為屬於他的東西。長大了，我們愛一個人的時候，甚至會超過愛自己，尤其當那個人是得不到的。直到後來，我們才終於學會珍惜那些愛我的人，也學會愛自己。那是多麼漫長的路，那得老掉多少歲月？原來，人生的每一條路，都是歸途。

曾經在別人身上尋找幸福和安全感，後來才知道，那是多麼虛渺的渴求。即使得到了，又是否可以永遠牢牢握在手裡？當失去的時候，誰又能夠給你幸福和安全感？安全感其實一直都在你心裡，你有智慧，你就有安全感，那是誰也給不了你的。一天，當你領悟無常，當你知道一切都會變，都留不住，你再也不會沒有安全感了。幸福又是什麼？幸福是成為一個更好的自己。

走過漫長的路，愛過一些人、犯過很多的錯、哭過笑過，曾經的不踏實、曾經的虛榮、迷惘與年少無知終於成為過去，然後你發現，轉了一圈，又回到最初的地方：過最簡單的生活、做最真誠的自己、愛一個讓你覺得最自在的人。

人生的路難道不是這樣嗎？取悅自己、善待他人、珍惜所愛、做最好和最真誠的自己。你知道你在這個世上是個有價值的人，你值得被好好對待，你不會因為別人對你不好而自卑和難過，這才是愛自己。愛自己不是自戀、自大和自私，而是認識自己，珍惜自己，好好去用自己。

所有不愛你的，都配不上你。今後都是餘生，有所愛，有所期待，有所夢想，有所作為，也有所不為，別委屈自己，也別委屈別人就是。一生的光陰有多長？忽然而已；好好愛自己就是你對自己的一往深情。無論多麼艱難，努力做一個有情、有愛、有夢、有趣、堅強、獨立、聰慧而慷慨的女子吧。願有一天，你會跟我一樣，用一瓶粉紅香檳來歡慶，敬自己，敬生命，敬往事，敬一切愛恨、苦樂、榮辱，敬你嚐過的所有甜酸苦辣，敬那些使你長大和堅強的人。

後來我學會了愛自己，那得走過多遠的路？流年似水，重讀自己的舊文，竟有一絲悵然。年少時，看花是花，看山是山，眾生之中，只看到自己喜歡的那個人，看到喜歡的那個人，眼裡全是星星、月亮、太陽；而今，看一切，包括自己，都是夢幻泡影。可是，我愛這個泡影。

張小嫻

二〇二一年初夏　香港

Chapter One

不要相信有王子

Chapter Two

優雅的追求

Chapter Three

女人的幸福

Chapter Four

你一定是對的

Chapter Five

等候適當的時光再遇

不要相信有王子

Chapter One

愛情不是在泥土裡開出的花朵，而是泥土裡的肥料，
最後開出的那朵花，是你的人生。
你是你自己的王子或公主，你不需要等待任何人來把你吻醒。
傻瓜，不要再相信有王子。

怎見得你愛我？

女人問男人：「怎見得你愛我？怎見得你對我好？」

男人說：「有事發生的時候，你會知道我對你好。」

什麼？要等到有事發生才知道你對我好？

那麼平時又怎樣？類似電影《鐵達尼號》的故事發生在我們身上的機率有多少？又有多少對男女會經歷生關死劫？

也許，女人這一輩子也沒機會知道男人有多愛她。男人縱使多麼愛一個女人，假使她一輩子都很平安，他就沒有機會表達。

每次聽到男人說「有事發生的時候，你會知道我對你好」這句話時，我總有點遺憾。為什麼一定要等到有事發生？男人觀察一個女人是否可以跟他同甘共苦，也不是等自己有困難才知道的。

等到有事發生，已經太遲了。男人平時就該對女人好，讓她覺得他很愛她，讓她覺得幸福。暫且不要說將來，現在對我不好，將來怎樣好也是沒用的。也許你這輩子也沒機會用身體為我擋住一輛衝過來的汽車，也許你一輩子也沒機會用你畢生積蓄把我從綁匪手上贖回來，我更不願意我遭逢不幸而你不離不棄。

你平時就該對我好。有事發生的時候，你要對我更好。

他其實沒那麼愛你

你愛的那個人愛不愛你，你心中有數。可是，人都難免自欺，一頭栽進愛情裡的時候，忽然就變成弱視，不肯承認他其實沒那麼愛你。但是，這些事實明明都擺在眼前：

他只會在想見你的時候才打電話給你。大部分時間，都是你主動找他。

他跟你見面，主要是在床上，你很少在白天見到他。

半夜三更，他還是會讓你自己回家，而不是送你回家。

他從來不說愛你。

即使他說愛你，也只是兩個人在床上不穿衣服時偶然對你說過。

已經交往好幾年了，他不願意見你的朋友和家人。

他不願意帶你回家見他的家人。

他從來不跟你說家裡的事。

他不讓你認識他的朋友。
他答應你的事情，從來不去做。
萬樣事情，總是你遷就他。
他從來不會稱讚你。
兩個人在街上吵架的時候，他會掉頭而去，狠心把你丟在街上。
每次吵架之後，通常是你首先向他道歉。
你對他發脾氣，他會對你發更大脾氣。
事實上，你根本不敢對他發脾氣。
你哭的時候，他並不心疼，也不緊張，更不在乎。
你生病的時候，他出去玩。
他很清楚地表示，他是不會結婚的。
他雖然沒有說不會結婚，但是每當你在他面前提起「將來」、「永遠」、「承諾」等等這些字眼，他都裝作沒聽到。

每個受過情傷的女孩子，大概都可以說出比以上更多的例子，告訴你，當一個男人這麼對你，他其實沒那麼愛你。

是的，他其實沒那麼愛你，只是你還捨不得像他一樣狠心，撇下他掉頭而去。

有時候，你會發現，沒那麼愛一個人是不快樂的，但是，能夠狠心是多麼棒啊！

我想你愛上我

女人打扮得漂漂亮亮，跟你約會，不一定就是喜歡你，她只是想讓你喜歡她。

男人以為女人悉心打扮一番來見他，一定是對他有意思。這種想法太一廂情願了。即使沒有男人，我們還是會打扮的。即使我很討厭一個男人，我還是會刻意地打扮，讓他恨得心癢癢的。因為，他是永遠不會得到我的，他沒資格。

如果是跟自己心儀的男人約會，我們當然會非常努力地打扮，目的是要在他心中留下一個美好的印象。

初次約會，不知道自己會不會愛上對方，這樣的話，也不可以鬆懈，我想他愛上我，我會不會愛上他，是我的事。他愛上我，而我不愛他，他也不會忘記我是這麼美麗。我拒絕他的時候，他也會覺得淒美一點。畢竟，他是被一個漂亮的女孩子拒絕的。

A告訴我一件趣事。一個男人跟她約會了好幾次。最後一次，她在電話裡坦白地告訴他，她認為他們沒有發展的可能。那個男人很不甘心地說：

「如果對我沒意思，為什麼每次約會你都打扮得那麼漂亮？」

打扮得漂亮，只是要吸引你，不是喜歡你。女人都希望證實一下自己的魅力，然後，讓你得不到。

你也可以不喜歡他

A小姐暗戀某君，心裡很痛苦，她問：

「有什麼方法可以不喜歡他？」

要不喜歡一個人太容易了。喜歡一個人，要忘記他的缺點，只記著他的優點。不喜歡一個人，則剛好相反，要忘記他的優點，只記著他的缺點。

見到他時，儘量在他身上找缺點，譬如他鼻孔朝天、皮膚粗糙、斜肩、不修剪指甲、走路姿勢不好看。挑出他的缺點之後，還要把他的缺點擴大。

見不到他時，也儘量想他的缺點，譬如他沒有房產、沒有儲蓄、賺錢不多、愛花錢、短命、笑起來很難看，諸如此類。

每一次想念他，首先要把他的缺點擴大，你會逐漸發覺，這個男人其實不是太好，他配不起你。

你把一個人想像得太好，而得不到他，徒使自己痛苦，與其如此，不如把他貶低。把他貶低也未必是錯，在你得到一個人之前，你總是以為他很好，他的缺點你都看不到，但得到之後，你會發現，他也不過是個普通人。許多怨偶，都是曾經把對方想像得太好。

A問：「喜歡一個人容易，還是不喜歡一個人容易？」

當然是不喜歡一個人容易。

獨居的難關

單身獨居的男女，最難過的一關是生病。

無論他們多麼享受獨居的生活，一旦生病，可憐兮兮地一個人躺在床上，沒人照顧，沒人問候，他們不免重新懷疑，獨居是否幸福。

一個離婚的女人，堅強地重新站起來，開始獨居生活，她有房有車，生活不成問題，在健康的時候，她以為自己不需要男人。一天，她病倒了，傷風感冒，頭暈眼花，斷斷續續地病了一個月，終於在午夜夢回的時候忍不住躲在被窩裡號哭。

原來在你生病的時候，一聲來自伴侶的慰問，在孤獨的時刻，是那麼令人緬懷而又不可得。

單身獨居的男人，一向自命瀟灑，在他生病，躺在家中那張特意為單身生活而買的單人床上時，他最想吃的，竟是從前女朋友煲的一碗皮蛋瘦肉粥。

單身未婚的女人，何嘗不是在生病時覺得分外淒苦？有一個男人在身邊，甚至在電話旁邊，至少可以嗲一下，至少也有人倒一杯水給你服藥。

對獨居者來說，小病不是福，而是考驗。人在世上是旅客，旅途艱難，在旅途上生病，也最是淒苦。獨居者終於接受同居或願意結婚，也許不是由於愛，而是由於害怕死亡和老去。

跟自己廝守

以前的婚姻比較長久，沒有那麼多人離婚，會不會是因為以前的人壽命比較短？

所謂一世夫妻，也許只是三十年到四十年的夫妻。一生一世的期限，很快就到了。即使對伴侶不滿意，也會忍耐一下，三十年，一下子就過去了。到了五十歲，縱使對這段婚姻有諸多不滿，想到自己已經差不多油盡燈枯，也會忍下去。

今天醫學昌明，一個人活到八、九十歲也不出奇。所謂一世夫妻，不再是三、四十年，而是五、六十年。是五、六十年呢，怎甘心忍受下去？人到了五十歲，還是年輕得很。五十歲的男人和女人還可以去尋找愛情，他們還有三、四十年的人生。既然如此，不如了結一段不如意的婚姻，從頭來過。

我們的上一代，到了五十歲，怎會想到還可以從頭來過？

我們這一代，畢竟比較幸福。然而，我們也有我們的悲哀。以前所謂長相廝守，頂多是三、四十年，如今的長相廝守，說的是五、六十年。一個承諾要守五、六十年，愛一個人要愛五、六十年，誰敢保證自己做得到？

今天的長相廝守，只是盡力而為而已。

最安全和最合時宜的方式，還是跟自己廝守。

究竟愛到什麼程度？

男人說了「我愛你」，女人不一定會熱淚盈眶擁抱他，女人也許會問：「你說愛我，那麼究竟愛到什麼程度？」

什麼程度？這是很難回答的。

說「比天還要高，比海還要深」，笨蛋才會相信你。

說「你是我這一輩子最愛的女人」，問題並不會解決，「最愛」是什麼程度？

男人說：「是危險程度了。」女人會感動得立刻追問：「危險到什麼程度？」

愛不是一個數字，不能說「已經達到一百分」，或者說「就像『華氏定理』一樣永恆」。

愛到什麼程度，也許只能打個譬喻。

愛你的程度，就像女人與豐胸內衣，一旦遇上了，就永遠不能沒有。

愛你的程度，就像男人與權力，永遠不能分開。

愛你的程度，就像茶葉和水，沒有水，茶葉就很寂寞。

愛你的程度，就像奶油和麵粉。奶油和麵粉共同努力，才可以做出蛋糕。

愛你的程度，就像雙腳和鞋子，一生相依。

我不想像你這樣

過了適婚年齡而又單身的女人，最怕被人追問什麼時候結婚。至親和好朋友的追問，是出於關心。他們認為女人始終要有個歸宿，他們擔心你的幸福。至於那些無關緊要的人的追問，卻是很討厭的。

有些親戚，你兩三年才見她一次，你根本搞不清她是伯公的乾妹妹還是八姑姑的外甥女。她們早已嫁人了，婚後不工作，生了孩子之後又不減肥，嗜好是看電視連續劇和報章娛樂新聞，常常擔心丈夫變心。她們看到你，總是喜歡在你父母面前問你：

「哎，你什麼時候請我吃喜餅啊？」

不結婚有罪嗎？

這些無關緊要的人，還包括一些普通朋友和普通同事。她們在辦公室裡一般都沒有什麼貢獻，準時上班下班，不肯加班。她們最愛談論的話題是丈夫、子女、電視劇內容、娛樂新聞和人家的私生活，要不就相約打麻將和開派對。
到了聖誕節和除夕這些日子，她們會很憐惜地問你：
「你為什麼還不結婚？」
你真的想知道理由嗎？我告訴你吧，因為我不想像你這樣過一生。

過客

有一次，我問一個女孩子：「你是不是跟×××在一起？」

她冷笑一聲：「他不算數，他不過是過客而已。」

她曾經和這個男人出雙入對，一起去旅行，不過是幾個月前的事罷了。她竟說他是個過客。

有很多事情我們都想不算數，但是，一個曾經跟你上過床的男人，無論如何不能不算數吧？

想不算數，可能是他太差勁了，實在不想承認他，又不想承認自己糊塗，不如說他是個過客。過客比較浪漫一點，人在世上就是過客。

一個女人的生命裡，有一個過客，並不為過。

男人並不介意做過客，他只是偶然停留在一個女人生命裡的某一個時刻，得享溫柔，然後不需要負任何責任。這種過客，誰不願意做？

另一種過客比較蒼涼，他愛著一個女人，想停留在她的生命裡，女人卻只讓他做過客。男主人出現了，過客便要離開。

女人最好不要有太多過客，過客太多，自己豈不是變成客棧？

不速之客則無妨，有不速之客，證明你有魅力。

永遠也不要回頭

許多女孩子都遇過這種情形——她本來已經有一個要好的男朋友，後來，她結識了另外一個男人，她瞞著男朋友跟他來往，一腳踏兩船。這件事給男朋友發現了，他像瘋了似的，哀求她回到他身邊，他不惜一切討好她，他在她面前哭，在她家樓下通宵達旦等她，他去找情敵晦氣，他重新追求她，並答應改過，又許下許多承諾，譬如「我們結婚」之類。女人最後被感動了，回到他身邊。剛回到他身邊時，兩人感情比以前更好，他對她千依百順，然而，過了一段日子之後，這個男人又變得跟從前一樣。

女人埋怨男人總是在危機出現時才會緊張她。可知道男人所受的訓練正是負責處理危機？沒有危機，男人就沒有生存的意義。

男人把女朋友從第三者手上搶回來，是打了一場勝仗，出了一口氣。仗已經打完，高潮已過，他意興闌珊，並且開始埋怨，挑起這場戰爭的是女人，首先不忠的是這個女人，他不會再相信她。

假使她在這次風波之後比以前更愛他，他便會更看不起她。萬一她再有第三者，他又會重複上次的行徑，然後又故態復萌。

有過第三者的女人，永遠不要回頭，你一回頭，身價就大跌了。有勇氣離開一個門口，也要有不回頭的勇氣。

冷漠的人清醒

很多年前，有一個人跟我說：「不要怨恨冷漠的人，他冷漠，因為他清醒。」那時候，我不認為做人應該那麼清醒。

一次，看一本寫女人如何復仇的書。作者說，對付一個對你不忠的丈夫，最殘忍的不是趁他熟睡時把他閹割，讓他一覺醒來，發現自己那話兒不見了。最殘忍的是把他四肢縛起來，讓他清醒地看著自己被閹割。

清醒的人是痛苦的。可惜，人愈大，便愈來愈清醒。

你清醒地知道那個人是否適合你。

你清醒地知道他是否是一個能夠跟你共度餘生的人。

你清醒地告訴自己，算了吧，不要愛上他。

你清醒地計算代價，然後考慮自己是否付得起這個代價。

你清醒地不容許自己將來後悔。

你清醒地知道激情火花和恩情道義的分別。

你清醒地看到你和他頂多只可以維持三年，那已經是最好的結果了。

你能夠清醒地控制自己的欲念，你知道自己在做什麼。

很多人喜歡「難得糊塗」這四個字，一刻的糊塗，不過是自我放縱，並不難得。糊塗之後，怎樣收拾殘局，那才是難事。那麼，不如清醒一點。

鞠躬離場，微笑道別

凡事做到得體，似乎是最難的。得體就是要大家都開心。要自己開心並不難，要別人也開心，卻一點也不容易。委屈自己來成全別人，這太偉大了。占盡別人便宜，這又太過分。他開心，你也開心，這才得體。

拒絕別人的時候，如何拒絕得十分得體，也是學問。朋友要你幫忙，你不想幫這個忙，但是一口拒絕他，他會覺得你太不夠朋友。你煞費思量，想出一些很得體的理由來拒絕他。他雖然被你拒絕了，卻仍然喜歡你。

對著你不喜歡的人，你特別要得體一點。尖酸刻薄，不錯，是可以讓你一洩心頭之憤，但是你個人的層次立刻就降低了。你愈不把他當一回事，他反而愈難受。

下臺的時候，更要得體一些。下臺不是問題，下臺之後含血噴人，就很難看了。這種人的教養一定很有限。

在情場上，更要儘量得體。你喜歡別人，別人不喜歡你，不要死纏爛打，也不用罵他沒眼光，鞠躬離場，微笑道別。走得那麼得體，他將來一定會想念你。你愛的人變了心，你為自己爭回一口氣的唯一方法，就是跟他合作，立刻離開他，千萬別讓他看到你吐血。所謂得體，就是有許多話不必說盡，有許多事不必做盡。

再過一萬年之後

對於死纏爛打，無論如何也不肯死心的追求者，你唯有老實地告訴他：「再過一萬年之後，我還是不會愛上你。」

好了吧？死心了吧！是你逼我說出這麼殘忍的話的。

假使對方還是說：「不，你再考慮一下吧。」那麼，你只好說：「對，我收回剛才說的話。我想說，再過一百萬年之後，我還是不會愛上你。」

我不可以阻止你愛我，但是我告訴你，你的愛只會石沉大海。

有些事情是不可以勉強的。你愛一個人，他不愛你，不代表你不可愛，不代表你不好，只能代表他不愛你而已。戀愛是雙程路，單戀也該有一條底線，到了底線，就是退出的時候。這條路行不通，你該想想另一條路，而不是在路口徘徊。這裡不留人，自有留人處。你怎麼知道自己不會遇上更好的？

不用等到一萬年，也許，一年之後，你已經找到一個更好的了。有些人是你一輩子也不會愛上的，也有些人是一輩子也不會愛上你的。有人不愛你，這很正常，難道所有人都愛你嗎？他不愛你，再過一萬年之後也不愛你，你為什麼還要為他痴迷，為他流淚？醒醒吧。

爲了脫離某種生活

有些女孩子是為了脫離現在的生活而結婚的。

厭倦了戀愛的生活，不如結婚吧。

想搬出來住，一個人又負擔不起租金，不如結婚吧。

事業沒有什麼發展，現在的生活太平淡，不如結婚吧。

不知道將來還會不會和他一起，那麼，不如現在就跟他結婚吧，以後不用再三心二意。

然而，結婚之後，並沒有脫離結婚之前的生活。

對方並沒有為你而改變，他仍然像婚前一樣，甚至糟糕一點。

結婚之後，事業依然沒有什麼起色。由於已經結婚，更感到自己的競爭力和吸引力比不上那些單身女人。

為了脫離某種生活而結婚，結果卻掉進另一種生活裡。原來，結婚並不刺激，也沒能力把平淡變成精采。

想改變現狀，還是要靠自己，而不是把別人拉下水。

想脫離目前的生活，去讀書比去結婚也許更有效。

你改變了自己，你的智慧增長了，看到新天新地，才有機會脫離現狀。

想改變，不要去結婚。厭倦了改變，才好去結婚。

若即若離

發展心理學家指出女性是天生不忠的。大家可能以為丈夫精子的數量要視距離上次性交的時間有多久而定，然而，發展心理學家的研究顯示，更重要的決定因素是多久沒有與配偶見面。一個一週以來沒有性交的男子，如果他的妻子是出外公幹，他所產生的精子數量會較他的妻子患感冒待在家裡為高。那就是說，真正產生決定作用的是女性是否有找尋其他對象的機會。她愈有機會從其他男性身上「收集」精子的話，她的配偶便愈大量榨出自己的。自然淘汰設計如此精密的武器，證明了這件武器要對付的敵人是女性的不忠。

這個理論沒有使我相信女性比男性不忠，相反，揭示了男性比女性更沒有安全感。男性想跟女性親熱，並不單單為了愛情，也不是因為思念，而是要戰勝其他對手，獨占女性。而更重要的，是這個研究啟示女性，要讓男人愛你，最重要的並不是朝夕相對，而是若即若離。

當女人可以找尋其他對象的機會愈高，她的配偶便愈在乎她。女人患感冒待在家裡，他卻沒有那麼緊張，這便是男人。

因此，我忽然明白，讓愛情常青的，不是不離不棄，而是離而不棄，要擅用離別。女人終於很無奈地明白，若想一個男人永遠留在你身邊，便要常常離開他。

美麗的謊言

那天按摩的時候跟我的按摩師聊天，不知怎的談到胸罩。我說，曾經聽編輯部的女孩說，有家專賣矯形胸罩的店很厲害，真的可以32A進去，34C出來。

我的按摩師很雀躍地說：「我就是用他們的矯形胸罩！真的可以啊！」

我還一直覺得她很豐滿呢！

「用了矯形胸罩，穿上衣服之後，胸部除了變大之外，線條也好看很多，尤其長得肥胖和乳房形狀不漂亮的，之前和之後，簡直就是兩個世界！」她說。

「能騙到其他人，可是，騙不到最親密的人呢。」我說。

「都住在一起這麼多年了，無論穿什麼胸罩，男朋友已經不看了。」她還真坦白得可愛。

「我是覺得那些矯形胸罩很醜！我喜歡漂亮的胸罩。」我說。

「凡是矯形胸罩都是見不得人的呀！肩帶很粗，背帶很寬，這樣才能夠把背脊和胳肢窩下面那些多餘的肉擠到前面去。可是，穿在衣服底下，誰會看到啊？能騙到所有人就可以了！」她說。

我在想，能騙到所有人，是不是也就能騙到自己？能騙到自己也就能微笑。我們是不是都會拐一個彎，用心良苦，迂迴曲折地騙自己？

那又有什麼關係呢？一個美麗的謊言，只要能夠騙到自己，也就不是謊言。

在十天之內失去一個男人

手上有一本很有趣的小書，書名叫 How to Lose a Guy in 10 Days（《十日交往手冊》）。想在十天之內失去一個男人，一點也不難。假設你們是第一天認識的，你照著以下幾種方法做，你很快便可以把他嚇走：

跟他做愛之後哭。

不斷問他你胖不胖。

打電話給他父母，並且自我介紹。

無論你多麼晚回家，都打電話給他。

逼他說他愛你。

跑到他家裡，拿他的衣服來穿，把你的香水噴在他的枕頭上，又替他接電話。

隨時在他會出現的地方出現。

告訴他，你正在看心理醫生。
故意讓他看見你在看《新娘》雜誌。
帶他回家見你父母。
開始到他家裡過夜，並要求他騰空一個抽屜讓你放你自己的東西。
故意讓他知道你去驗孕。
經常在他面前用小孩子的聲調說話。
睡覺的時候，一整晚摟著他不放。
做愛過程中不停地哭。
其實呢，我有一個更簡單的方法，讓你在五天之內便失去一個男人。從認識他的第二天開始，你不停告訴他你想結婚，做愛之後哭哭啼啼說你很懷念以前的男朋友。
五天之內，保證他會逃跑。

失戀時不要做的十件事

一、糾纏

立即死心，完全不去糾纏，也許是不可能的。那麼，給自己一個期限吧。

分手時，他答應會打電話給你。他信誓旦旦地說，他會找你。他說，雖然分開了，他還是會永遠關心你。你信以為真，每天等他電話，但是，這些承諾完全沒有兌現。你終於明白，分手時說的話，只有傻瓜才會相信。

應該放手了，可你捨不得，你太想他了，好吧，那就打電話給他。第一次，他的態度冷冰冰。第二次，還是冷冰冰。第三次，他依然沒有回心轉意的跡象。凡事不過三，這些電話，以後不用再打了。

要是他愛你，下一次，會是他打電話來。要是他不愛你，再打四十次也沒用，不如留一點尊嚴給自己。

二、不要打無聲電話

一聽到他的聲音就掛斷，你以為他不會猜到是你打來的嗎？除非他是個大笨蛋。假如他是個大笨蛋，根本不值得你愛。

三、不要再去看他的網路日誌或Facebook（臉書）

他的一切已經跟你無關，別自討苦吃。他的網路日誌寫得才沒那麼好。

四、不要隨便找個人來填補他的空缺

失戀時，跟一個自己不愛的人一起，只會讓你更想念他，也更瞧不起自己。

五、不要拿自己的幸福來報復他

明明不喜歡他的朋友，為了報復他，故意跟那個男人好。你以為他會心痛嗎？他只會覺得你不自愛。他根本不關心。

六、沒期限的沉淪

傷心和沉淪總有個期限。兩個月也好，三個月也好，給自己一個期限，就當是送給自己一個奢侈的失戀假期吧。假期之後便要清醒，一直沉淪下去，當你醒覺的那天，也許已經太遲了，你已經錯過太多。

七、不要逼自己去忘記

能夠忘記的時候，自然就能夠忘記。忘記不是一時三刻做得到的。某時某刻，幽幽地想起那個你愛過的人，依然忘不了他，是人生的一部分。然後，某年某天，想起同一個人，發覺你對他早已經完全沒有感覺了，原來也是人生的一部分。

八、不要無愛的性

有些男人很自私，他不愛你了，但是，當他想要的時候，他還是很樂意找你上床，因為他知道，痴心的你不會拒絕。

別那麼傻了，假如他還愛你，他不會捨得給你無望的夢想。無論你再跟他睡多少次，他早已經不愛你了，也不會回到你身邊。每次上床之後，他只想你快點離開。

當愛情已死，再瘋狂的性也撩不起愛的餘燼。

九、不要把他送的禮物還給他

只有小男生和小女生才會做這種事。無論他送的東西多麼貴重或是多麼有意義，當愛情消逝，互相送過的禮物對你或對他已經沒有任何意思。留著吧，送回去或是把禮物要回來都太小家子氣了。

十、不要相信自己說的話

你大可以很悲壯地告訴他：「我以後再也不會這麼愛一個人了！」但是，你心裡不必真的這樣想。人生的千迴百轉，是你心碎時沒法想像的。

你以後會找到比他好的，到時候，你也許會反問自己：「我當時到底為什麼會愛上他啊？」

門前一盞暖的燈

朋友的家，門前有一盞燈，她住在大廈裡，一梯兩戶，走廊照明充足，根本不需要安裝一盞燈。

她說：「門前亮著一盞燈，回家時，覺得好像有人在等我，很溫暖。人在屋裡，也因為門前有一盞燈，覺得很有安全感。」

獨居的她，不靠堅固的門鎖提供安全感，卻相信門前一盞燈。一盞燈，畢竟比一把門鎖浪漫和感性。

她一度煞費思量，門前那盞燈，應該是當她在屋裡時把它亮著，讓人知道屋裡有人，還是應該當她不在家時把它亮著，騙人屋裡有人呢？

我覺得有點像夜班計程車，空車時，車頂的燈亮著，有客時，把車頂的燈關掉。若離家前，把燈亮著，豈不是告訴賊人這裡沒有人？

若離家前把燈關掉，深夜裡，一個人，回到大廈，走出電梯，從皮包裡掏出鑰匙，驀地抬起頭，才發現門前沒有燈，會不會很孤單？

當一個女人，深夜，喝了酒，失意地回到屋前，連一盞燈都沒有為她亮著，她要在黑暗中找出鑰匙，會不會太淒涼？

一盞暖的燈，還是應該永遠亮著，用來騙人，也用來騙自己，用來等人，也用來等自己。

陰晴圓缺的，不單是月色

半夜裡醒來，覺得天氣很悶熱，我想，也許要下雨了，再睡一覺，清晨的時候，果然下了一場大雷雨。

我沒有風濕，不能用自己的風濕去預測天氣。只是，活在世上的日子久了，每個人大概都會預測一點天氣。連續許多個酷熱的晴天之後，總會下一場大雨。連續幾天大雨，也應該要放晴了。

小時候，因為活在世上的日子還短，我們從來不會預測天氣。我們老是祈禱好天氣來臨，尤其明天要舉行運動會，或是郊遊，又或者明天有特別的節目，儘管烏雲密布，我們還是期望不要降下一滴雨。

下雨的時候，心情是特別壞的。

兒時唱的聖詩說，上帝沒有應許天色常藍。我們當然明白不會永遠晴天；陰晴圓缺的，不只是月色，還有愛情。

我以為愛情可以克服一切，誰知道有時它卻毫無力量。我以為愛情可以填滿人生的遺憾，然而，製造更多遺憾的，偏偏是愛情。陰晴圓缺，在一段愛情裡不斷重演。當我們活在世上的日子久了，也能預測明天的愛情。換一個人，也不會天色常藍。

分手不要在冬天

春風吹綠了大地，春情勃發，是戀情萌芽的季節。夏日炎炎，欲火焚身，適宜熱戀。秋天浪漫，最宜分手。

到了冬天，無論如何，也要抓住一個男人過冬。

冬天裡的節日最多。聖誕、新年、情人節，都最不適宜形單影隻。平安夜留在家裡看電影，做朋友的電燈泡，或者穿上漂亮衣服，卻以失敗者的姿態走遍大小舞會碰碰運氣，希望遇上如意郎君，都是叫人沮喪的事。

兩個女人共度情人節，只會很沒人性地巴不得對方立即消失，換個男的，喁喁細語。

冬天嚴寒，強壯的男人比電暖爐和羽絨被子有用。一個人久久睡不暖，兩個人相擁取暖最好。

女人氣血不足，即使穿上羊毛襪，腳掌仍然覺得冷，差不多連感覺都麻木了。這個時候，最好把腳掌貼在男人暖洋洋的小肚子上，感覺立即就回來了。他們通常反抗幾下就會就範，不敢推開你。這個時候，男人又比暖水袋保溫。

所以，再壞的男人，在冬天裡，女人也忍受他。再腐爛的感情，女人也拖延著。挨過冬天，才說再見。然後，在冬季再來臨之前，趕快找個男人。

哀傷的花園

朋友老遠從灣仔搬到上水，原來是為了擁有一個私家花園。她說：「我一直夢想擁有一個屬於自己的花園，明年你來吧，我種的木瓜樹，明年夏天就有收成。」

屋前那兩三百英尺的地方，我不知道可不可以稱作花園。在這個城市，要擁有一個花園，並不便宜。我們付的樓價，在外國，何止擁有一個大花園？

現在我們的花園，都變成窗臺。市區的窗臺，比郊區的私家花園還要貴，但你只能在上面放盆栽。

我當然也想擁有一個花園，舅母在她美國的花園裡種植辣椒和韭菜，每天黃昏，她把安樂椅搬到花園，看著紅色的辣椒生長，等到收成那一天，摘下辣椒佐膳。

我喜歡種植檸檬樹，門前一棵檸檬樹，像幸福的黃手絹。

有一位朋友，失戀之後，瘋瘋癲癲的，一天，她正躲在家裡準備自殺，她媽媽在後花園摘下一朵紅色的玫瑰花，拿著玫瑰花，拍她房間的門，把花送給她，微笑著跟她說：

「是我天天澆水的。」她突然覺得，如果死了，很對不起媽媽。

收下玫瑰花，她不死了，是花園救了她一命。

這樣的花園，美麗而哀傷，應該找一個漫天星星的晚上，在花園草地上裸睡。

一次恨個夠

看過一本關於吃的書，作者提出一個很特別的減肥方法。那個方法大可以稱為「一次吃個夠」。作者說：當你想吃一種食物的時候，不要擔心胖，儘管吃。比方你想吃巧克力，那就不停地吃，天天吃。終於有一天，你看到巧克力就不想吃。從此以後，你不會再喜歡吃巧克力了。

這個方法是以毒療傷。你與巧克力，不是你死，就是它亡，不要隨便嘗試。在情場上，倒是可以一試的。

你愛的人離開你，你沒法忘記他，那麼就恨他吧。你要極度痛恨他，天天恨他，每分每秒恨他，醒著的時候恨他，睡著的時候也要恨他。不必再要什麼風度和尊嚴，你大可以告訴所有人，你恨他。只要你快樂，你就盡情恨他。一次恨個夠，不要壓抑。不但恨他，還要恨他一家，恨所有認識他的人，恨他家裡那張床，恨他養的那隻狗。

有一天，你會發現，你已經恨他恨到極點，不能更恨他了。他已經沒什麼可恨，況且，無論你多麼恨他，他都不會回到你身邊。這個時候，你忽然覺得你一點都不恨他，你從此免疫了。

恨他是沒用的，那麼，倒不如忘記他。這個時候，你應該可以忘記他了。愛到極愛，往往變成無情。恨到極恨，往往不再有恨。讓我們一次恨個夠。

你是我胸口永遠的痛

對一個女人來說，如果她從來沒有遇過一個傷害她至深的男人，她便不會珍惜一個愛她的男人，也不會明白愛情。

一個讓你傷痛的男人，在當時來說也許讓你生不如死，但在你整個生命中，他不過是一個讓你成長的考驗，這個考驗早來好過遲來。早來的話，女人可以找一個為她撫平創傷的男人，遲來的話，女人能夠找到這樣一個男人的機會自然減少。

因為曾經被傷害，被背叛，被離棄，女人遇到好男人時，會好好珍惜，而且會更懂得去愛別人。一個愛她的男人能夠令她逐漸忘記那個讓她受傷的男人。即使他回來，她也不會回到他身邊。她會明白，那個男人如果能夠那樣傷害她，就不是真心愛她；即使有愛，也愛得太少。她當時肝腸寸斷，也不是因為愛他，而是因為突然被自己信任的人出賣，無法接受。

男人不同，男人天生犯賤。如果曾經有一個女人令他受傷至深，即使已經是很久以前的事，而他也已經有一個對他很好的女人，他依然無法忘記那個傷害過他的女人。

女人以為遇上壞男人是無可避免的事，男人卻沒想過他竟然會敗在一個壞女人手上。她是他胸口永遠的痛，是他永遠的心靈缺憾。如果有機會，他仍會再次追求她，再次把她追到手，證明他是最終勝利者，沒有人可以拋棄他。

女人因此明白，要留住一個男人，不是寸步不離，而是忽冷忽熱。要得到一個男人的心，不是全心全意愛他，而是盡情傷害他，成為他胸口永遠的痛。男人會敬重一個他永遠無法征服的女人。

餘生都不要再見到你

已經分手的情侶，最好餘生都不要重逢。

你和他那段情一點也不值得回味，重逢來幹什麼？這種重逢的場面只會令大家不快樂。

你看到他老了，生活不如意，你慶幸自己當年離開了他。可是，跟他說再見之後，你深深為自己的無情而內疚。這種感覺太不舒服，不如不要重逢。

你重遇他，發現他脫胎換骨，而你，卻不太如意。讓他看到你離開他以後日子過得不快樂，你的尊嚴還可以放到哪裡？不如不要重逢。

過去的一段情刻骨銘心，你偶爾還會想起他，你也很想知道他現在變成怎樣，日子過得好不好。當你來到那些你們以前常去的地方，你的一顆心還會跳，你會想：「我會在這裡碰到他嗎？」如果是這樣的話，最好也是餘生不要重逢。

你永遠再見不到他，美麗的回憶會長存心中，若再見到他，結果卻可能不一樣。他已經不是從前那個人，你從前最欣賞他的智慧，可是，重逢的這一刻，你才發現，他並沒有進步。

你以為如果讓你再見到他，你一定不會讓他離開，今天，讓你見到了，你才發現不是那回事，不知從什麼時候開始，你對他已經失去了那份感覺，你早就不愛他了。重逢然後失望，等於親手毀滅自己的回憶，那是多麼淒酸的事！為什麼不能相忘於江湖？

如果有一天，我們要分手，不要，不要，請不要讓我在餘生再見到你。

我想寬恕他

有沒有想過寬恕一個人？

那天晚上，一個女孩子說，四年了，她一直無法寬恕她以前的男朋友。

在一起八年的歲月裡，她對他一往情深，可是，他卻不停在外面結識女孩子，每一次，他都說只是玩玩而已。她一次又一次原諒他，以為他會改過。

四年前，大家準備結婚，他又一次在外面有女人，這一次，他跟她說，他是很認真的，他愛上了那個女人。她黯然跟他分手，一個人生活。

四年來，她心裡一直恨他，無法接受他對她所做的一切。因為恨得那樣深，她根本無法擺脫他的影子。即使有男孩子追求她，她也不願意接受。

每天晚上，當她孤單地回到自己那個巢穴的時候，她還是意難平。

那天晚上，她忽然覺得很平靜，四年來，她內心沒有這麼平靜過。她很想寬恕他。

她說：「我想寬恕他。」

寬恕不等於接受。寬恕他，不是接受他做的那些傷害她的事情。寬恕他，只是卸下心裡的包袱。

寬恕一個人，就是不再與他有牽連。沒有了牽連，從今以後，才可以過新生活。

赦免別人，本來是上帝的權柄，但是，寬恕那個傷害過你的舊情人，你才能夠擺脫心裡的魔鬼。

逝去的愛情不過是輕塵

住在離島的女孩子說，她那個住在市區的男朋友背著她和另外一個女人來往，這是他弟弟不忍心她被騙而告訴她的。她恨透這個男人，這四年來，她對他無微不至。

現在換回來的是他避開她，傷害她。情人節那天，他寫了一張卡片和一封信給她。卡片上印著兩行字：「與你情如白雪，永遠不染塵。」信上說：「你把我短暫人生漂白，但是如果我還是本來的顏色，我會開心點。」

他說，他常常為了迎合她而勉強自己，為了讓她開心，每逢假日，他要送她回家，但是他害怕那一小時的航程，害怕要匆忙地趕去碼頭，連吃飯也要看手錶。

她不甘心，她說：「難道只有他付出而我沒有？」

如果一個男人愛一個女人，他絕對不會介意要匆忙地趕上船和那一小時的航程，也許，他根本不愛她。

女孩也不必不甘心，愛情逝去了，不要問他為你做了些什麼，也不要問你為他付出了些什麼。付出的過程，也是一種享受，你忘了為他付出的時候，你是多麼快樂和自我膨脹的嗎？何必事後追悔？

他沒有好好回報她，但是起碼她學會了怎樣愛人而他沒有，下一次，她會愛得更好。

他說「與你情如白雪，永遠不染塵」，他卻是她眼前的塵垢，不容易抹去，但是有一天，她會明白，這個人不值得她為他傷心，他只是她生命裡的輕塵，輕得可以。將來，她要做的，不是男人生命裡的漂白水，而是源源不絕的生命之水。

後悔和你睡

有些話，你並不希望由自己說出來，譬如這一句：

「和你上床，是我一生最大的錯誤！」

若要說這句話，也許太悲傷了。

我們多麼希望自己與之睡過的，都是自己愛過的人！起碼，當時是愛他的，也相信他是愛我的。

後來，我們發覺自己不愛這個人了，我們又多麼希望自己從來沒有跟他睡過！他是不值得的。如果沒有睡過，那該有多好！可惜，有些東西是永遠抹不掉的。過去的，不一定是錯誤，我們還不至於說：「這是我一生最大的錯誤！」

跟什麼人睡過，會是一生最大的錯誤呢？

應該說是騙子吧！當時的他，根本不愛我。他愛的，只是一具肉體，用來滿足他的性欲。但願我們一輩子也不用對一個男人說：

「和你上床，是我一生最大的錯誤！」

不要相信有王子

一名少女失戀後跳樓自盡，遺下情書。情書上說，她本來是要等王子來把她吻醒，可是，卻等不到王子。

王子和公主的童話故事，實在不知荼毒了多少女孩子的心靈。世上的確有王子，英國、西班牙、丹麥都有王子，情場上，卻沒有王子。今天還相信有王子，等於相信聖誕老人會在平安夜悄悄把禮物放進你掛在床尾的那隻聖誕襪子裡。

那個把白雪公主從睡夢中吻醒的王子，不過是天方夜譚。

愛情不是一場追逐，如果你還停留在追逐的階段，如果你還留在等候王子救贖的階段，你就太不了解愛情了。

愛情是自我完善的一個階段，我們在經歷自己的人生，你愛過別人，被別人愛過，受過傷害，也傷害過別人，歡欣、沮喪、失望、思念、等待，受盡煎熬，然後豁然明白，得失並不重要，最重要的是你長大了，變聰明了，你變得精采，你的人生從此不一樣了。

愛情不是在泥土裡開出的花朵，而是泥土裡的肥料，最後開出的那朵花，是你的人生。你是你自己的王子或公主，你不需要等待任何人來把你吻醒。

傻瓜，不要再相信有王子。

優雅的追求

Chapter Two

愛情不是愚公移山，
表態之後，得不到響應，
在明知不可為的時候放棄，是最優雅的了。

四個必須穿得好的場合

有四個場合，必須穿得好——第一次約會、分手、結婚、離婚。

所謂好，是要低調地好。第一次約會，要給對方留下美好印象，又不能讓對方以為你很在乎，那就別穿得太隆重，可也不要太隨便。

不愛他了，想和他分手，那一天，要穿得好看些，讓對方留下難以忘懷的最後印象。分手時，穿得好看些，也是對戀人的一份尊重。

結婚穿得好，那是理所當然的。萬一結婚時穿得不好，離婚時也一定要好。

某才子跟妻子辦理離婚手續的當天，特地穿上西裝，繫上妻子從前送給他的一條領帶，深情款款地在離婚書上簽上大名，並對前妻說：

「你是我今生最愛的女人，你叫我做什麼我都會做，包括離婚。」

真情也好，假意也好，在離婚當天穿上對方所送的衣服，必定可以刺痛對方的心，除非她一點良心也沒有。

假若你是提出離婚的那一個，那就請不要穿上對方送你的衣服，這是落井下石，也不要穿得花枝招展，對方會以為你在示威。

離婚和分手時儘量穿得低調，是風度，也是厚道。

男人用法一百種

有人寫了一本《死貓用法一百種》，死貓可以用來做不求人、椅子扶手、雞毛撣子、馬桶刷等等，恨貓的人看了，十分痛快，愛貓的人看了，也會心微笑。如果你對男人又愛又恨，不妨也設計一套《男人用法一百種》，以下隨便介紹幾種：

舔郵票：跟你的男人說：「吻我！」當他吐出舌頭，你就把一枚郵票放在他的舌尖，然後拿去貼在信封上。

人肉沙包：心情不好時，可以拿他來練拳、滴蠟。

強力開瓶器：打不開的瓶蓋都交給他。

自動按摩椅：坐在他身上，要他替你按摩。

天然暖爐：冬天拿他來取暖。

小型起重機：搬家，換辦公大樓，所有你搬不動的東西，都找他來搬。

加值機：這個月的薪水花光了，就叫他為你的荷包暫時加值。
外賣快遞員：想吃東西，又不想出去，就叫他買來。
軟綿綿的枕頭：在長途車或長途飛機上，把他的肩膀當作枕頭。
超級垃圾桶：你不吃和吃剩的東西，統統給他吃。
只要動動腦筋，你會發現男人的用處真多，你怎麼捨得離開他？

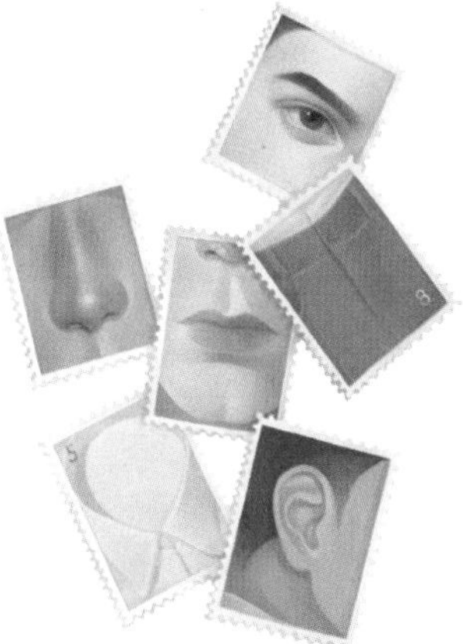

我胖不胖？

對男人來說，除了「你愛不愛我？」之外，女朋友提出的問題，以下這一條，也是很難回答的：

「我胖不胖？」

如果老實地回答：「胖。」她會認為你嫌棄她，然後她也許會拿你的錢去減肥，男人的損失難以估計。

如果說：「不胖。」她會想：「他心裡其實是覺得我胖的。」

胖也不是，不胖也不是，男人機警地說：

「你應該胖的地方胖，應該瘦的地方瘦。」

可惜，女朋友並不會因此滿足，她會罵你不正經，腦子裡只想著那回事。

況且，這麼會花言巧語的男人太不可靠了。

男人左思右想，終於自以為聰明地說：

「你有時候胖，有時候瘦。」

這個答案還不夠模稜兩可嗎？

誰知道，刁蠻的女朋友生氣地說：「你根本不關心我！什麼有時候胖，有時候瘦？我一直都是這個樣子！」

至於性格溫順的女朋友，聽到這個答案之後，也許會追問：

「那我什麼時候胖，什麼時候瘦？」

男人苦惱極了，女朋友到底胖不胖，他已經分辨不出來，他先不管她胖不胖，他只想儘快逃跑。

睡前香

每次寫完一本書，我會送自己一份禮物。這次的禮物是來自法國的，看上去像香水，卻並不是香水，而是一瓶據說能夠使人感到幸福的補水噴霧。

寫書之前，我在百貨公司見過這瓶噴霧，當時以為是香水，隨便噴了些在手腕上，覺得那股香味很好聞。因為不是買東西的心情，所以沒買。

回家之後，它的氣味一直在我記憶裡徘徊不散。寫完書，我追逐著記憶的香味回去，把它送給自己。

雖說是身體補水噴霧，但我打算把它當成香水用。

它的成分包括睡菜、印度玫瑰、鳶尾花、番紅花、甜橙、茉莉和檀香，味道並不濃烈。我喜歡所有淡淡的香味。

創造它的人是從印度喀拉拉的季風中獲取靈感的。

我去過印度，但沒去過喀拉拉。

低氣壓使香水散播得更快，濕度也加強了我們的嗅覺，所以，風雨之夜或者暴風雨來臨的前夕，香水的氣味也最濃烈。這些時候，我的香水可以省點用，不需要在身上灑太多。

這些時候，你愛的那個男人，也會特別好聞。

我們愛著的人，不都有一種屬於他自己的味道嗎？

你認得那種味道，卻沒法用言語去形容。

我們自己的味道，自己卻聞不出來，只好用香水薰香自己。

哪一天，你若不滿足於僅僅薰香自己，還想用身上的香水迷倒距離你身邊五十公尺，甚至一百公尺以外的人，最理想的地點是青藏高原、喜馬拉雅山、墨西哥和大峽谷這些海拔高而氣壓低的地方。

問題是，你會在喜馬拉雅山上擦香水嗎？

這瓶補水噴霧的瓶子不算漂亮，我喜歡的是那個金色流蘇的氣球噴嘴。每次看到氣球噴嘴的香水瓶，我都會為之心動神往。我甚至會單單為了那個氣球而買一瓶香水，想像自己一隻手拿著瓶子，另一隻手捏著氣球，把香水噴在前方，然後跨進那團香雲裡去。這個動作本身就已經很幸福了。

我外出的時候常常忘記擦香水。但是，每晚睡覺的時候，我總想灑上香水滑進夢鄉，尤其當我感到疲憊和沮喪的時候。

睡前的香水彷彿就是我最漂亮最感性的一襲睡袍，是我為我的靈魂穿上的。雖然，它從來沒有我以為的那麼好，它太敏感，太脆弱，也太矛盾和高傲了，但它終究是我的靈魂。

戰場上的褻衣

有哪個女人是從沒擁有過一件褻衣的？

我有五件，黑的、白的、米色的，卻只有其中一件穿過幾次。買的時候，自己首先有了遐想，想像自己穿起來會有多麼性感。可是，買回來之後，卻用不著。

褻衣並不好穿，夏天太熱了，只有在冬天，裡面穿著它，外面套一件大毛衣，才會自我感覺良好。

最適合穿褻衣的場合，還是在家裡，除非你要依靠這個謀生。

我的褻衣是買來看的，不穿也不會心疼。只要相信自己還能穿得下，便已經很滿足。

有些女人的褻衣是用來守門口的。

不知道什麼時候心血來潮，會想誘惑你，於是，抽屜裡總是放著幾件褻衣。

我不一定想誘惑你，但是，我想保留這個機會。
男人沒有褻衣是多麼地可惜！還是做女人比較幸福。
褻衣不是戰衣，可是，一旦穿上褻衣，便要有上戰場的準備，成王敗寇。
當一個女人穿上褻衣走到心愛的男人面前，他竟然看了兩眼便繼續埋頭工作，你不禁懷疑他，也懷疑自己。

華麗的孤單

是不是每個人都會覺得自己是孤單的？

至少，我們內心深處，總是給孤單的自我留了一席之地。

即使你的生活不是孤單一人，即使你愛著一個人，也被這個人愛著，孤單的感覺有時候還是會浮上心頭。

我們只好安慰自己，哲學家是孤單的，藝術家是孤單的，所有偉大的人物也都是孤單的。

孤單有什麼不好啊？為什麼一定要跟另一個人形影相伴？

兩個人一起，不是也會有孤單的時刻嗎？

然而，我們深深知道，兩個人的孤單就是比一個人的孤單華麗些，因為我可以選擇。我可以既要愛情也要偶爾孤單的自由，有時一個人，有時黏著你。

抑或，孤單只是一條退路？要是沒有人愛，要是有天失去了愛情，或者厭倦了愛情，我可以毫不在乎地說：

「我不害怕孤單。」

一個人無論平日多麼精明能幹，當他孤單一人走在路上的時候，那個樣子看起來好像總是帶幾分傻氣，那是因為沒有一個跟他說話的人。但是，只要知道，他是被一個人愛著，他也愛著那個人，那麼，他一個人走路的模樣一瞬間彷彿也變甜蜜了。

請讚美我的軀殼

男人說：「我喜歡你，是因為你有思想，有智慧，能夠和我溝通，我從沒有遇過一個這麼了解我的女人。」

你聽到了這番話，當然高興，但是也不禁想問：「那麼，我的外表呢？」

他一直強調最欣賞你的智慧，但是強調得多，你卻有點失望，你是否只有內在美而無外在美？

你不是美人，但是你總希望他有時候會讚美你，即使只是讚美你的秀髮，你的手指，你的腳踝，也是好的。

誰知道他說：「這些都不重要，最重要的是你和我聊得來。」

他竟然不知道這對你有多麼重要。於是，有一天，你悉心打扮自己，然後問他：「我漂亮嗎？」

你以為他會抱著你，讚美你，誰知道他竟然說：「你以為我喜歡你是因為你的外表嗎？」對女人來說，這個打擊真的太大了。

男人在讚美一個女人的智慧時，可否也稍微讚美一下她的軀殼？這是男人應該有的智慧。「軀殼會老的。」男人語重心長地說。如果我不是知道軀殼會老，我才不需要你的讚美。肉身衰朽乃見智慧，你將來有很多時間讚美我的智慧。

愛我還是愛我的身體

收到幾個女孩子的來信，她們都有同一個問題，就是在跟一個男人上床之後，才開始懷疑他愛不愛她。

很奇怪是吧？在跟他上床之前，她們百分之一百肯定這個男人是喜歡她的，但是一旦發生了關係，她就立刻懷疑他，他是愛她的嗎？還是愛她的身體？他在此之前對她的熱情和迷戀，會不會都是為了和她上床？

男人一旦表達了他的原始的欲望，就是女人開始動搖的時候。她口裡說：「我是自願的，那是很自然的事。」心裡卻在思考他的動機，把他想得很壞。

更奇怪的是，當那個男人跟她發生過一次關係之後就消失，或者找藉口不再見她（譬如說已經有女朋友，不想傷害她），這個時候，她反而能夠肯定他是愛她的。是的，如果不是這樣相信，她就是被騙了。

男人從來不會懷疑女人到底愛他還是愛他的身體，如果她愛他而不愛他的身體，他才真的難過。

一個人怎能夠和自己的身體分開？女人應該思考的是他愛不愛她。怎麼才知道他愛不愛她？是否被愛，每個人都有不同的感受，但是，在發生了一次關係之後就消失的男人，肯定是不愛你的，他只是愛你的身體。

優雅的追求

有些女孩子是從來不會主動追求男孩子的，並非保守，而是性格使然，正如有些人愛吃鹹，有些人愛吃甜。女人主動，沒什麼不對，可是，如果由始至終都是女方主動，那又未免太不矜貴了。

女人的追求和男人的追求是不同的。男人的追求可以是一面倒，死纏爛打。女人的所謂追求，應該是表態。

主動約會一個男人，吐露傾慕之情，主動牽他的手，送花給他，送禮物給他，為他慶祝生日，他病了，主動去照顧他，這都是表態方法。如果已經這樣表態了，男人還是不採取主動，就是女人的追求失敗。

所有的追求都應該有個底線，女人的底線應該比男人的底線定得更嚴格，你都主動牽著他的手了，他還不主動跟你約會，他會有多喜歡你？死纏爛打下去，只會讓男人沾沾自喜，他覺得你不矜貴，也不會珍惜你。

有些男人分手時跟女人說：「當初是你主動的。」那是因為女人當初把自己的底線定得太低，差不多是送上門去。

愛情不是愚公移山，表態之後，得不到響應，在明知不可為的時候放棄，是最優雅的了。有些女人以為女追男的底線是主動向男人獻身，要獻身才得到垂顧，太不優雅了。

年齡的秘密

對象的年齡是否是一個問題，那得看你是什麼年紀。

三十歲之前，男人的年紀對女人來說，完全不是問題，只要她喜歡就可以了。假使她瘋狂地愛上一個男人，她甚至不介意他的年紀足以做她爸爸。這一段年齡的距離，也正是愛情的見證。明知道他多半會比她早一步離開這個世界，不可能跟她長相廝守，但是，她只要曾經擁有也就無憾了。

當她的年紀大了一點之後，她要她愛的那個人保證，他不能比她早死。既然不能比她早死，那麼，他最好也不要比她大太多吧？要一個比她大三十年的男人不能早死，那未免強人所難。這個時候，年紀雖不至於是個問題，但絕對是個考慮。

當她過了三十歲，或者更大一點，她愛的那個男人，年紀便不能比她大太多了，而且最好是看上去能活得久一些。

長壽或短壽，外表看不出來。生活習慣雖然有影響，可是，不菸不酒，沒有任何不良嗜好的人，也可能會早死。她只能從他的體魄和生活方式去猜測。這些猜測並不準確，最後，她還是憑直覺的。

當她要從兩個或幾個男人之中選一個下半輩子的伴侶，而他們的條件相差不遠，那麼，毫無疑問地，她會選擇看上去會長命的那個。

這或許是一種很原始的選擇，女人需要一個能在危難時保護她的男人，男人則希望物種永續。當你問女人：「年齡是個問題嗎？」那就等於窺探她年齡的秘密。

我心自有天涯

一位朋友用最流行的生命密碼替我算命，這套方法混合了星座和出生年月日，關於性格特質，出奇地準確。

她說：「你好奇怪，你獨立得過分，卻不愛自由。」

是的，我不太愛自由，小時候看三毛的《撒哈拉的故事》，嚮往她和荷西的愛情，但從沒有想過要去沙漠流浪。

我對浪跡天涯的生活，沒什麼幻想，也從來不會愛上遊子。我是那種如果我愛的男人叫我在街上等他，我就真的會乖乖地等待，無論發生什麼事也不會走開的人。

萬一他一直沒有回來找我，說不定我會在那條荒蕪的街道上開一家咖啡店，把我們約定等候之處變成一個漂亮和詩意的地方，讓自己能夠更堅強地等下去。

以前念書時有一位老師，五十多歲仍是獨身，脾氣很古怪，同學間流傳著一個關於她的故事。聽說她一直在等她那位英俊不凡的男朋友回來找她，他們在很多年前失散了。年輕的時候，她是浪跡天涯的女子，有了愛情之後，她卻留守在一個地方等待。

我心自有天涯，世界再廣闊，也比不上在一個男人的心裡徜徉，那就是天涯。

我的肝醬

多年以前，到法國旅行，抵達的第一天，在友人家中做客。中午，朋友的法國太太準備去市場買菜，我聽到我的朋友跟他太太說：「她愛吃肝醬，你去買一點回來。」

噢！我那個期待法國美食的胃，馬上「噔噔噔」地興奮起來。太好了，有鵝肝醬吃！

誰知道，朋友那位擁有中國人知慳識儉美德的法國太太，買回來的卻是猪肉肝醬。七個人的午餐，就是那瓶肉醬、番茄沙拉、酸瓜、奶酪和麵包。第一次到法國的我，沒想到在巴黎吃的第一頓飯竟是如此「簡樸」。我可是坐了十三個小時的飛機來的呢。

後來再想想，也許是我朋友說得不清楚，他說「肝醬」，他可沒說「鵝肝醬」，是我一廂情願罷了。況且，我也太虛榮了，猪肉肝醬的味道並不太壞，比鵝肝醬便宜的鴨肝醬也很美味，為什麼一定要吃鵝肝醬呢？

雖然我已經許多年不再吃鵝肝醬了，可我從來沒放棄追尋其他的美味。我的法國朋友卻也許是法國人之中的例外。他們追求精神生活，吃得並不講究。我是個俗世女子，享樂與精神共舞，彼此撫慰、平衡。我因此沒法愛一個不喜歡美食的男人。

放假天的容貌

上班的人都渴望放假。可是，好不容易等到放假的那天，不知道為什麼，你會發覺自己的樣子比上班時糟糕，看上去完全不在狀態。

工作那麼辛苦，為什麼工作時的樣子反而好看些？也許，美麗也是需要鬥志的。

上班的一天，在辦公室裡見到同事，下班後又約了朋友。知道要見人，不知怎的，樣貌也會時刻在戒備狀態。

要是公司裡有一個你暗戀的男同事，或者有幾個你討厭的女同事，那麼，上班的日子，你的鬥志會提醒你要漂亮。放假的日子，見不到這些人，鬥志鬆懈了，即使刻意裝扮，也還是比不上平日好看。

上班的一天，會見到老闆或者上司，也可能會跟新的客戶見面，不管怎樣，總希望自己在別人眼裡是出眾的。誰不希望既有內在美，又有外在美？我們的鬥志會鞭策我們要漂亮。我們並不是想拿些什麼好處，想自己看起來吸引人些，那是理所當然的事。

但是，一到放假，不用見老闆和上司，不用吸引任何新相識的朋友。頭髮亂蓬蓬又有什麼關係？誰會看到？我們放假，我們的尊容也要放假，留待要用的時候才容光煥發。

上班的日子，人在江湖，並不是完全自由的日子。不自由的時候，我們的鬥志反倒會昂揚些，幫助我們去作戰，讓我們愈忙愈漂亮。

難得放假，那是完全屬於自己的日子。自由自在了，奮鬥心也沒那麼強，鬥志放假了，我們的容貌也只好放假一天。

一生一愛

假如一生只能擁有一個胸罩：

我喜歡買胸罩，喜歡蕾絲，喜歡所有漂亮性感又自然舒服的胸罩。我家裡的抽屜，恆常放著五十個胸罩，依據顏色，一行一行整齊排列。但是，只能選一個的話，我的答案是：

La Perla（拉佩樂）的肉色細肩帶全棉胸罩。

那是La Perla的經典款式，有白色、黑色和肉色三個顏色，肉色最漂亮。肉色胸罩的顏色是最難做得好看的，La Perla的肉色胸罩是我見過最美和最接近皮膚顏色的，穿上它，就像穿上了第二層皮膚。

一生只能擁有一個胸罩，也只能選它，唯有肉色，可以配任何顏色的衣服，它根本就是你的皮膚。

假如一生只能擁有一瓶香水：

Nina Ricci（蓮娜・麗姿）的 L'Air du Temps（比翼雙飛）。

一九四八年上市，有六十年歷史了。很淡很淡的花香味，只有當別人挨近你，才會嗅到原來你擦了這麼出塵脫俗的香水。

前調有佛手柑、桃子、紫檀和橙花油等。中調是五月玫瑰、蘭花、丁香、山谷百合和鳶尾花等。後調是白檀香、西洋杉、香柏、琥珀、麝香與玫瑰等。它的瓶子是著名的 Lalique（萊儷）水晶瓶，瓶塞是比翼雙飛的鴿子，好浪漫好漂亮。

它是我收到男生送的第一瓶香水。

雖然我後來買過很多別的香水，雖然我總是買了香水回家又常常忘記擦香水，但它終究是難忘的第一次。也許，等到我六十歲生日的那天，我會再買一瓶，讓記憶的香味在我老去的鼻子周圍繚繞，懷念愛情初始的甜蜜。

假如一生只能擁有一雙鞋子：

雖然 Giuseppe Zanotti（朱塞佩・薩諾第）的平底閃石涼鞋簡直可以用絢爛來形容，雖然 Roger Vivier（羅傑・維維亞）本季的紅色亮皮玫瑰花平底鞋美得我直想抱著它入眠，雖然 Tod's（托德斯）總有我喜歡的鞋子，但是，這些漂亮的鞋子都不是用來走路的，而是用來坐車或者踩在地毯上的，甚至是酒醉後帶著微醺脫下來用手挽著、然後笑著跳著裸腳走在冰凍的大理石地板上的。

一生只能穿一雙鞋子的話，我要一雙舒服的運動鞋算了。

假如，除了白開水，一生只能再喝另一種飲料：

那還用說？當然是酒，因為可以醉。

假如一生只能喝一種酒：

粉紅香檳，有年份的更好。

沒年份的，我愛Ruinart（汝納特），它是最好喝的，它的粉紅色泡沫在杯子裡飄飛的時候也是最精緻和最燦爛的。

假如一生只能讀一本書：

賈西亞·馬奎斯的《百年孤寂》。它就是偉大。

假如一生只能擁有一張畫：

梵谷的《星夜》。

但我深深知道，這是無望的夢想。

假如一生只能愛一個人：

一生之中，無論深愛過幾個人，我們愛的都是同一個人，一個很像我，跟我是同類；另一個完全不像我，卻補滿了我的缺失。而其實，他們都是我。

到了後來，我們是跟同類廝守，還是跟看似完全不像我的那個人廝守？假如一生愛的是同一類人，我們是幸運地得到「升級版」，還是沒那麼幸運，只能得到一個「普通版」？

鏡花水月與夢幻泡影的情愛糾葛，最終也只能由天意去決定。

一點絢麗的星芒

已故時裝女王 Coco Chanel（可可・香奈兒）生前有一句名言：「每次出門前，拿掉身上一件飾物，那便萬無一失。」我沒這個煩惱，我身上唯一的飾物通常是左手手腕上的一塊手錶，拿掉就不知道時間了。這兩年，看到朋友戴的手鏈好漂亮，於是我也湊熱鬧買了一大堆，卻是三分鐘熱度，常常忘記了戴。今年流行垂吊式的耳環，我也想買幾對，卻還沒找到中意的，只好暫時拿掉這個想法。

珠光寶氣畢竟是絢麗的，要戴出一份氣質來卻不容易。怎麼買珠寶，怎麼把珠寶往身上掛，都是學問和品味。翁山蘇姬身上唯一的飾物是插在耳鬢上的一朵鮮花，德蕾莎修女脖子上也只有一串十字架項鍊。但我們是凡夫俗子，貪戀人間的絢麗，那麼，只好想辦法不落俗套。

我擁有一雙 Kate Spade（凱特・絲蓓）的白色水晶人字涼鞋和一雙

Giuseppe Zanotti 的黃水晶平底涼鞋。穿一身素色衣服時，這兩雙鞋子便是我身上唯一的飾物，閃閃亮亮的，彷彿往腳背上綴了一串星星似的，可惜，這樣的鞋子不好走路，不能常穿。

有時候，我乾脆只在睫毛上擦一點閃粉，讓它們自自然然地散落在眼睛周圍，那便是我給眼睛戴了珠寶。這樣的珠寶一點也不貴，不用時時刻刻擔心給人搶了。

Coco Chanel 的忠告是拿掉一件飾物，我的心得是除了手錶以外，只戴一件飾物，它可以是珠寶，也可以是一雙亮晶晶的鞋子或是臉上的閃粉，甚至是一條珠片的印度圍巾。一個人只需要一點絢麗的星芒已經夠燦爛了，不用更多。要是你的手錶已經嵌了寶石，更不要再戴任何飾物。

珠寶是用來炫耀的，不過，炫耀的並不是財富，而是品味和故事。我常常一廂情願地希望每個分了手的男朋友在離開時都送我一件珠寶，一天，當我老了，我會把這些小小的玩意兒拿出來，它們每一件都代表一個無法長相廝守的故事。隔著遙遠的歲月，這些都會讓我懷念曾被某個情人寵得如珠如寶的日子。他們輝映過我的生命，愛情卻是一顆永難完美的寶石。

星期五晚上的月光

對單身的上班族來說，星期五這一天是最難熬的。早上回到辦公室，其他同事都打扮得漂漂亮亮準備晚上出去玩。有男朋友或者女朋友的，到了中午，已經忙著打電話訂吃飯的地方或者確定今晚的約會時間。已婚的，也要跟另一半找節目。人緣好的，已經約好了一大票朋友開派對。剩下來的，只有那些沒人約的人。

不想一個人過一個星期五晚上，但又不好意思主動約會別人的，唯有坐在辦公室裡乾著急。到了下午約莫四點五十分的時候，辦公室裡大部分人都已經有著落。

到了這個地步，沒人約會的人只好急忙翻開記事簿看看可以找哪些朋友出來吃飯。可惜，撥了幾通電話，那些朋友都已經約了人，連長得最醜的那個也

跟人有約會。

五點鐘，辦公室的人都走了。你對著那部電話等一個朋友回電話給你。

六點十五分，他的電話終於打來了，他不在香港！最後一線希望也幻滅了。

已經七點鐘了，現在才找朋友出來，人家會不會覺得你太沒誠意？你以為人家像你一樣沒人約的嗎？你對某某有點好感，但是星期五晚上七點鐘才約人出來，太過分了吧？你對某某沒意思，星期五晚上又太敏感，不能約他。

七點三十分，你只好拖著寂寞的身影回家吃泡麵。為什麼星期五晚上的月光總是特別淒涼？

我自己不買珠寶

很久以前有一個電視廣告，廣告裡的幾個女人在洗手間裡炫耀身上的珠寶，大意是說，女人的珠寶也可以是自己買的。

可是，我是不會買珠寶給自己的，珠寶應該是情人送的。

我尊重自己買珠寶的女人，她們很會犒賞自己，只是我不會這樣做罷了。我只有幾枚戒指、幾對耳環，跟大部分女人的收藏品比較，也都不算多。但是，那些都是我的寶貝，是生命中美好的回憶。

我不介意你送不起珠寶給我，那麼，我們都不要買好了。總是覺得，假如我自己買鑽石戒指，是對你的一種貶低。

我不熱中買珠寶，然而，有時候我也會被漂亮的珠寶迷惑，那個時候，我會不經意地在對方面前說：

「這枚鑽石戒指真美啊。」或者說，「很想找一對漂亮的珍珠耳環，我就是喜歡這麼簡單樸素的首飾。」

男人聽見了，都知道下一步應該怎樣做，除非他吃了豹子膽。

珠寶是比生命悠長的東西，它或許會留給我的孩子，或許陪我一起長埋黃土，也許在我消逝之後代替我長伴我心愛的人。這一份期待，我想由我愛的人來實現，而不是我對自己的犒賞。

最幽微的慰藉

常常有人問我，我心情不好的時候會做什麼？

那首先要看看心情為什麼會不好。知道原因，才可以對症下藥，喜歡做什麼便做什麼。

你可以任性地丟下堆積如山的工作去睡一覺，反正，你清醒著也做不了什麼。

你可以不顧一切暴飲暴食，例如捧著一大桶家庭裝冰淇淋，然後坐到家裡那個馬桶蓋上邊哭邊照鏡子邊用一支大銀匙挖冰淇淋吃，或者硬把兩個義大利披薩往嘴裡塞，再用酒吞下去。吃完這頓悲情的晚餐之後，堅持不刷牙，不洗臉，不洗澡，臉朝下趴在床上睡得死死的。心情不好就有權邋遢。

你可以血拼敗家，把這個月的薪水一下子就花光光，然後拎著大包小包回家，任由空虛的感覺如影隨形，跟懊悔說：「你去死吧！」

你可以夜裡找朋友傾訴。這個朋友，你不必跟他說什麼，不必解釋，只要拿起電話，就可以很放心地對他大哭一場。喘著大氣哭完了，你只需要跟他說：「我很睏，我去睡，明天再找你噢！」

你明天一覺醒來，把他忘了，他不會生你的氣，只會擔心你。但願你至少有一個這樣的朋友。

然而，你也可以讀一部經典。

心情鬱卒的時候，讀一部經典小說，是靈魂最幽微的慰藉。

可以讀的書太多了：《百年孤寂》、《安娜．卡列尼娜》、《包法利夫人》、《飄》、《傲慢與偏見》、《齊瓦哥醫生》、《生命中不能承受之輕》、《愛在瘟疫蔓延時》……以前已經讀過了，還是可以挑一部你最喜歡的，重溫一遍。

經典自有其意義。當你心碎，當你孤單，當你自我懷疑，當你不想說話只想沉默，把這些時光都留給一本書吧。它也許不會使你快樂起來，但它會讓你再一次明白人生的虛幻。

小說和人生最相似的是什麼啊？不是故事和情節，也不是那些栩栩如生的人物。

小說和人生，都是大夢一場，而覺悟，總是來得太遲。

不可挽回的五種東西

不可挽回的包括：

一、青春

二、已禿的頭

三、已拿掉的器官

四、已出之言

五、已變的心

一位太太在家裡等丈夫回來，他答應了今天回來告訴她他的決定——回到她身邊抑或跟第三者一起。這是多麼漫長的一天！

她早就應該知道他的決定了吧？要是他打算留下來，為什麼要等到今天？他要的，只是拖延。

已變的心是已逝的青春，記得當時的好就算了。

已變的心是已禿的頭，世上還沒有一種生髮水證實絕對有效。不肯接受禿頭的現實，什麼生髮水都要拿來試試，到頭來，失望只會更大。

已變的心是在手術臺上被醫生拿掉的肝、膽、腎、腸子，永不復還。

已變的心是已出之言，想收也收不回。

情人變心了，無可挽回，只好節哀順變，這是唯一方法。

你的卵子要存起來嗎？

單身而又過了三十歲的你，有沒有想過，要把自己的卵子先存起來，等你想用的時候可以用？

你不一定想要孩子，你甚至已經決定這輩子都不要孩子，但是，先把卵子存起來這個念頭跟你要不要孩子是沒有矛盾的。

男人只要活著的一天，即使老得牙齒都掉光光，走路都走不穩，還是可以不停製造精子，他的精子是否仍然活潑可愛勇猛非凡，那是另一回事。

但是，女人一生中的卵子卻是有限額的，也會隨著年紀而衰老，沒有年輕的時候那麼鮮活。

經痛總是把你折磨得死去活來。沒有經痛的，每個月照樣有幾天特別不爽，特別想打人罵人噬人，心情特別低落。但這起碼證明，你的卵子還在。

醫學的進步如今讓女人可以把卵子抽取出來冷藏。那她就可以繼續追尋她的夢想，繼續她嚮往的單身而又有愛情、有事業的生活。有一天，她突然改變主意，子宮裡卻已經沒有卵子可以用了，幸好，她早已經儲備了一些。

可惜，大自然終究是對精子偏心許多。

存起來的精子多半很可靠，存起來的卵子，解凍後能讓它的主人懷孕的成功率卻很低，頂多只有百分之十一。

讀過很多書又怎樣？

一個剛剛受了情傷的男人生氣地說：

「我讀過很多書，她怎麼可以這樣對我？」

一個人受過多少教育，跟他會不會失戀又有什麼關係？要是書讀得多就不會失戀，很多人也許都願意多讀點書。

讀書多了，並不代表人見人愛。

讀書和戀愛根本就是兩碼子的事。

一個上過大學的，跟一個只上過小學的，一樣會失戀，分別只是前者覺得：「我讀了那麼多書，為什麼竟然會有人不愛我？」後者卻說：「她離開我是因為我沒有學識。」

他不愛你，即使你是博士又怎樣？

你讀醫，卻不是個好醫生；你讀法律，卻不是個好律師；那你的確是辜負了你所受的教育。然而，世上並沒有一門學科叫戀愛，你又不是戀愛博士，失戀有什麼稀奇？

愛情最是公平，每個人都有機會被甩。

她不愛你了，你可以說：「她怎可以這樣對我？」但是，請別說「我讀過很多書」這樣的傻話和笑話。

有了××，還需要男人嗎？

一九九九年三月，我在Amy雜誌創刊號開始連載一系列「Channel A」小說，也是那一年，香港第一家星巴克咖啡店在銅鑼灣波斯富街出現，成了那兒最時髦的一幕風景。我靈機一動，把星巴克這個場景放到我的小說裡，配合我想寫的都市男女愛情故事。

Channel A由不同的故事組成，人物縱橫交錯，所有的主角卻都曾在銅鑼灣那家星巴克留下了足跡，也在那面偌大的落地玻璃窗後和咖啡的香味裡過渡著他們的人生。

一九九九年之後，香港的星巴克就像其他大城市一樣，愈開愈多。

星巴克的咖啡不算特別便宜，他們的蛋糕和三明治也不見得好吃，但是，人們就是喜歡泡在那兒，尤其是女人，你常常可以看到三三兩兩的女人結伴在

店裡，手上捧著一杯咖啡，嘰嘰喳喳地說著話，天南地北，消磨時間。

日本就曾經流行一個笑話：有了星巴克，女人還需要男人嗎？

就是啊！女人的玩意兒多著呢。星巴克這個詞還可以換成別的。

譬如說，有了Zara（颯拉），女人還需要男人嗎？

女人都可以在Zara消磨半天，尤其是假日，光是抱著一堆衣服在試衣室外面排隊，已經殺掉不少時間。

要是兩個女人一起，時間就過得更快了。你看我這件穿得好不好看，我又幫你想想到底該買白色還是黑色，或是索性兩個顏色都買下來。說了大半天，口渴了，再去星巴克喝杯咖啡。

天色已晚，跟朋友道別，一個人挽著滿滿的兩個Zara的購物袋，走在回去的路上，心裡雖然有點空虛，幸好，今天血拼也有點累了，回家馬上就會倒頭大睡，什麼也不用去想。

真的，有了Zara，女人還需要男人嗎？

Zara也可以換成H&M，換成Mango（杧果）……

只有這些店，有事沒事，你也會情不自禁走進去八卦一下。萬一定力不夠，又敗家了一堆衣服，畢竟還是一個可以負擔的小數目。何況，挑衣服和試穿衣服的過程，你是享受過的。

就像星巴克，它其實沒那麼好，但它就是有它的好。星巴克，Zara，H&M，Mango 也都可以換成吃的。

有了巧克力，女人還需要男人嗎？

有了蛋糕，女人還需要男人嗎？

有了甜點，女人還需要男人嗎？

可是，為什麼以上用來代替男人的，全都是垃圾食物？就連咖啡，也是對身體不好的。

心中的色相

先後貼了一雙紅鞋和一束紅色劍蘭在部落格裡，於是，有人問我：

「你最近是不是愛上了紅色？」

我從來就沒有偏愛或者特別討厭紅色。我更喜歡的其實是白色的劍蘭，白劍蘭很難找，好像只有洋貨。

每樣東西都有它最美的顏色。法拉利跑車是紅色漂亮，婚紗始終是象牙白色漂亮。百合花即使培植出再多的顏色，我仍舊喜歡白色。

每個顏色都有它最好看的一個層次，我覺得許多綠色都漂亮，但並不是所有的綠都漂亮。

最近迷上紅鞋，是想偶爾用它來配搭我素淨的衣服，我的衣服幾乎都是肉色的。紅色的包包和圍巾，用途也如是。

紅色的花有許多都漂亮，可我忍受不了紅色的家具。假使要我住在一個擺著紅色沙發和紅色大床，再掛上紅色窗簾跟紅色吊燈的房子裡，我應該很快會精神崩潰。

女人可以有很多顏色，隨著心情、氣質、身材和年紀改變，變心了也可以回頭再愛一次。但我覺得男人最好的顏色永遠是黑白灰藍。我受不了穿紅色三角內褲的男人，這種東西的恐怖程度比起男人的紅色牛仔褲和皮褲有過之而無不及。磨舊了的紅色三角內褲，應該罪加一等。

每一個人其實都有一種顏色，不是他穿的衣服，而是他給你的感覺。我一直以來喜歡的是深藍色的男人。至於我自己，我不知道我是什麼顏色，我只知道這一刻我肯定不是紅色，不是黃色，不是紫色，也不是綠色和棕色。我也許有一點黑色，有一點肉色，也有一點淡粉紅和白色。

從前的從前，要是有人問我最喜歡什麼顏色，我很快就可以說出一個顏色來。然而，過了這麼多年之後，我反而無語。我中意的不是那個顏色，而是那個顏色呈現的方式，就像一個人只要能夠活出自己，就是燦爛的。最美的人間色相，不在外面，而在我心裡，我看青山多嫵媚，那麼，青山看我也如是。

公主和醜小鴨

我寫過「Channel A」系列《我們都是醜小鴨》，也寫過《我們都是公主》，一個小女孩問我：「那我們到底是醜小鴨還是公主？」

醜小鴨難道不會變成公主嗎？

在我們偷偷擦上媽媽的口紅，穿著媽媽的高跟鞋在家裡「噔噔噔」地走來走去，自以為很漂亮的那些童稚的日子裡，我們不都是醜小鴨嗎？

後來的一天，醜小鴨長成了公主。

我沒說公主都是漂亮和可愛的，世上的確有不漂亮，不可愛，或者很倒楣的真公主。有的真公主甚至到老都是醜小鴨，不是天鵝。

當今的日本公主在嫁給她的平民老公之前，皇室一直為她的終身大事惆悵，惆悵是因為長相太平凡的單眼皮公主摽梅已過，無人問津。

公主怎麼能夠嫁不出去呢？急死人了！負責的大臣只好一廂情願，不停放風聲，拚命撮合公主跟門當戶對的單身漢，可是，每一次，當報章報導皇室的花邊消息，傳聞公主正跟某某鑽石王老五交往，那些男士全都忙不迭出來否認：「沒有沒有！我才沒有跟公主交往！」

多可憐的公主！真公主尚且如此，何況我們不是真的！

我們沒有公主病，我們是自己的公主，也是自己的平民，天堂地獄都在我。幸福快樂的時候，我們活得像公主；失意沮喪的時候，我們重又變回一隻醜小鴨，躲起來討厭自己。

女人難道不可以既是公主，也是醜小鴨嗎？

愛情缺席的時候，你像公主一樣寵自己。愛情翩然降臨的時候，自會有一個人寵你。無論你有多麼平凡，你的缺點再多，他嘴裡說你分明就是醜小鴨，但你知道你是他的醜小鴨公主。

然後，有一天，我們都會變成老公主，跟我們的老王子一起。

要是老王子不爭氣，變成糟老頭，希望到時候我們都還是老公主。

時尚這東西

昨天買了一本薄薄的小書——《打扮的基礎》，作者光野桃曾在日本擔任時尚雜誌編輯，其後移居義大利開始寫作，作品多數圍繞女性生活的風格。

會買這本書是被封面吸引。我喜歡風衣，雖然封面的一襲風衣線條太硬朗了，不適合我，但我喜歡的是封面設計和照片的攝影風格，作者不愧曾在時尚界工作。

我也曾花了將近十年時間做一本女性時尚雜誌。像我這麼執拗的人，要不是到了意興闌珊的一刻，也不會輕言放棄。在香港這個地方做一本這樣的雜誌太艱難太苦了，我再也沒有這份魄力，我也沒有花不完的錢。

時尚雜誌不是我能做的。我曾懷抱滿腔熱忱，揮金如土，不肯認輸，可是，一路堅持，換來的只有更深的沮喪。每次打開自己作為出版人的雜誌，也會發現，即便是自己聘請的員工所寫的東西，似乎也距離真相很遠，我卻沒有能力去改變這一切。

時尚是昂貴的東西，但是，一個人的時尚，終究便宜許多。我再也不想負擔別人的時尚了。

在這本書裡，作者分享了很多她對時尚打扮的心得，有些我同意，我們都喜歡風衣，都喜歡珍珠耳環，都喜歡優雅的手錶，我們有共同喜歡的時裝品牌，但是，作者有些看法我是不太認同的，我不喜歡穿絲襪，我不覺得愛馬仕包包非得擁有一個不可。更何況它拿在手裡那麼沉！常常拿愛馬仕包包的女人都要另外花錢去治療肩痛。

日本女人對名牌包包的品味也是我無法認同的，她們總是一窩蜂買相同的品牌和類似的款式。雖然這是修養，但是，日本人好像很害怕與眾不同。走在東京街頭，你會發覺，年齡相近的日本人，打扮也很相像，他們就像穿了制服一樣，漂亮卻平板。

書的結尾，作者寫到她認識的義大利友人安瑪莉。安瑪莉不是美女，也不是有錢人，但她從不拿自己跟別人相比，她從容自在，反倒擁有自己的風格。

義大利女人和法國女人都是這樣的呀！她們是由歐洲深厚的文化和藝術品

味養育出來的。她們穿衣服，不是衣服穿她們。

衣服展示一個人的品味，唯有氣質使我們成為我們自己。

吃一種心情

好友去學做黑森林蛋糕，我當然必須「坐享其成」。

一個蛋糕，我占半個。

蛋糕是罪惡食物，每一口都是反式脂肪酸，吃多少進去，腰圍就胖多少。可是，有時候就是很想吃蛋糕。

吃蛋糕吃的是一種心情。它是甜點中的桂冠，世上有很多比它好吃的甜點，卻只有它能拿來慶生。我們都不會忘記自有記憶以來吃到的第一個生日蛋糕。我的那個生日蛋糕是粉紅色的，蛋糕上面有兩朵玫瑰花。我不記得那年我幾歲，四歲？五歲？味道我也不記得了，只記得它的樣子。

即使不是生日蛋糕，吃蛋糕的心情也總是愉快的。它就像一瓶粉紅香檳，每一口都能讓你把煩惱和悲傷暫時拋到腦後，明天的事，明天再去想吧！

我們生活的每一天豈會事事盡如人意？我們總是沮喪地發現，自己沒有自己想的那麼好，甚至並不是過著自己想要的生活，卻又不知道自己到底想要過怎樣的生活。

我們往往有太多的欲望，要面對太多的誘惑，我們也有太多的理由去自憐和放縱。那麼，吃一塊蛋糕吧，或者喝一口酒，明天再清醒過來，告訴自己，香檳有時，蛋糕有時，煩惱有時，可惜，青春也有時。我們的生命容得下偶爾的自憐和放縱，卻容不下這兩樣東西沒有盡頭。光陰彈指過，下次吃蛋糕的時候，也許已經花白了頭髮，掉光了牙齒，吃蛋糕的心情也永遠不一樣了。

不屬於我的嫵媚

念書的時候演過一齣話劇，戲裡的角色需要穿高跟鞋。彩排的時候，導演給了我一雙高跟鞋，可是，我一穿上高跟鞋就沒法走路，最後，導演只好讓我穿回平底鞋。我第一次拿包包，是二十歲以後的事。二十歲前，無論上班或上學，我只背個背包，從不穿裙子。

第一次拿包包的那天，我在家裡的鏡子前面看了又看，總覺得自己的模樣很彆扭。當時的我沒想過，許多年後，我沒有包包就沒法離開家門。但我始終學不會穿高跟鞋。

我二十四歲才打耳洞，是為了戴上喜歡的人送我的一對耳環。其實，我不大喜歡戴耳環，每次戴久了，耳垂都會痛。

有時我想，我這輩子注定做不了一個嫵媚的女子。嫵媚的女子夜晚回到家裡好像總是一邊踢掉腳上的高跟鞋一邊摘下兩邊耳垂上那對亮晶晶的耳環，然後光著腳走進浴室。

我從來不知道我是怎樣的一個女子，我也不見得想知道。人為什麼要那麼了解自己啊？

看似永恆

我常常會一口氣買下同款不同顏色的鞋子和衣服，每個顏色都那麼漂亮，很難取捨，既然喜歡一個款式，多買幾個顏色，也就不用四處去逛，反正我不喜歡逛街。

我是個悶蛋，只喜歡經典的東西。

我喜歡戴眼鏡的男人，喜歡愛讀書的男人，喜歡男人穿深藍和灰色。

喜歡珍珠。

喜歡單顆的鑽石耳釘和戒指。

喜歡平底鞋。

我喜歡永恆的東西。

可惜，世上好像並沒有永恆。只好退而求其次，愛著看似永恆的東西。

我喜歡一樣東西，可以喜歡很久。喜歡一個人，當然也希望可以一直走下去。有誰不是呢？

只是，人生的路，有時好像很短，有時卻又好像很長。我們所渴求的長相廝守，總是要跟生命與世事的無常抗爭。

美麗的頹廢

星期五晚，人在家裡，突然收到一盒巧克力，沒想到會是名滿天下的巴黎「巧克力之屋」（La Maison du Chocolat）。「巧克力之屋」的包裝很像愛馬仕，它是巧克力中的愛馬仕。

巧克力是住在我樓上的朋友送我的。她是我的讀者，偶然搬到我樓上，我們變成了朋友。她另一個家在法國。她說，她在巴黎看到我在部落格提到這個巧克力，所以特地從巴黎帶回來給我。

她帶給我的是「巧克力之屋」的鎮店之寶——黑松露巧克力。一九七七年創立「巧克力之屋」的藍克斯（Robert Linxe）被喻為當代最了不起的巧克力師，更有人稱他為巧克力之神和巧克力巫師。

一九九四年，法國一群愛好巧克力的美食家組織了一個巧克力俱樂部，藍克斯是唯一獲得最高評價的巧克力師。是他把法國巧克力送進巧克力的殿堂，與瑞士和比利時等巧克力大國並駕齊驅，也是他引領了黑巧克力的潮流。有人說，沒吃過 La Maison du Chocolat 的巧克力，不算吃過巧克力。

La Maison du Chocolat 的黑松露巧克力是最好吃的，每一顆都是誘惑和罪惡，如同禁果之於亞當和夏娃。人們說，吃巧克力會讓人快樂。我不知道吃巧克力是快樂還是享樂，就像我有時不知道，也不想去知道，愛情是享樂還是快樂。也許都有一點吧。

我總覺得吃巧克力是頹廢的，它的卡路里很高，它會讓你發胖，讓你臉上長瘡瘡，它總會讓你後悔吃太多。但是，人有時偏偏追逐美麗的頹廢。

吃巧克力要配什麼？還有什麼比粉紅香檳更適合？一口香檳，配一口巧克力，沒有比這更頹廢的了。

我吃了你的巧克力

美味的食物，我們總想留給喜歡的人，可是，人非聖賢，萬一忍不住全吃掉了，那該怎麼辦？辦法總比困難多，我來示範一下怎樣寫一張道歉的字條：

親愛的：

今天一直等你，可是，你回來晚了。
時間從未如此漫長，我的內心天人交戰。
一盒La Maison du Chocolat的松露苦巧克力，從遙遠的巴黎遠渡重洋，
宛如歌劇院穹頂上的一隻幸福的野鴿，
晃著胖胖的小肚子，
它翩然來到我面前。
這個國家對手工巧克力的味道最為堅持，

這松露，
在我靜待的時刻，
一再向我拋媚眼，
我說自己在你回來之前先吃一顆，
就一顆好了。
醇厚綿長的可可，是味蕾的一場盛宴，
唯有愛情的溫香軟玉能與之相比，
甜美如斯，誰又會捨得讓它落幕？
不過須臾，我發現，盒子裡已經一顆不剩。
此時，我心中極度慌亂，說不出地羞慚。
我想，假若換了你，
你肯定比我受得住誘惑，
你會留著給我，而不是把最後一顆也吃掉。
我為空空的盒子重新繫上蝴蝶結，不是想抹掉我的痕跡，
在華麗的包裝底下，

是我親手寫的這張字條，坦承我的罪行，
請你收下我的愧疚。
謹以至誠，對你起誓，這都是魔鬼的錯。
可憐的我，正受到卡路里的懲罰，
我已變成那隻野鴿，
甩不掉身上的小肚子。
都說巧克力是罪惡食物，
既然是罪惡，我心甘情願一個人把所有脂肪扛下來。
相信我，它絕對沒有你想像的好吃，它的滋味無法跟我的雙唇媲美。

你的獨吞了禁果的夏娃

最後留下來的

在書櫃裡清出一大堆舊東西和舊照片：

照片裡的我，身上穿一件黑色的 DKNY（唐可娜兒）背心，那時的我很愛穿黑色的羊毛背心。

第二張照片裡，我穿一襲 Prada（普拉達）的黑色連衣裙。

最後一張照片，我穿一襲 Dries Van Noten（德賴斯・范諾頓）的花裙子，我曾經很喜歡。

另外還有一張《麵包樹上的女人》韓文版的宣傳單張廣告，廣告夾在當地一本女性雜誌裡。

許多朋友說，他們也留著很多舊東西，卻捨不得捨棄。我不是特別瀟灑，也許只是我年紀大些。當你捨不得，是因為你還年輕，有些人有些事有些感情，此時此刻，你還是放不下，當你沒那麼年輕了，當時的年少，俱成往事，終究明白了人生的匆忙。既然只有美酒交杯而沒有不散的筵席，只能曾經擁有而沒有永遠留得住的東西，那麼，也只好每隔一段時日捨棄一些，然後再捨棄一些。最後留下來捨不得扔掉的，才是你最珍惜的。

你是什麼氣味的？

英國和美國的科學家指出，氣味能夠喚起人們感性的回憶。大腦中負責嗅覺的部分，跟記憶區域十分接近。

我的嗅覺向來不夠敏銳，氣味從來沒有引起我對某年某日的回憶。我唯一的嗅覺回憶，是男朋友身上的氣味。

每個人的皮膚上都有一種獨特的氣味，跟一個人一起的日子久了，你會記得他的氣味。你說不出那是怎樣的一種氣味，你只知道，那是一種不會在別人身上出現的氣味。

有時候，我喜歡湊近他，深深呼吸那種獨特的氣味，那是我熟悉而又親切的氣味。是的，就是這種氣味了。他的氣味，是一種安慰。孤單的時候，我會想念他的氣味。

有些女人喜歡用鼻子去嗅男人脫下來的衣服，她們靈敏得可以嗅出衣服上有沒有不屬於他的味道。我的鼻子沒有這麼厲害，我也不喜歡嗅聞衣服。我喜歡嗅聞一個人，喜歡那種伴隨著體溫散發出來的味道。然而，分手之後，我也無法記憶那曾經熟悉的味道了。

我從來不知道自己是什麼味道的。曾經有一個人告訴我：「你身上有著嬰兒剛剛喝完牛奶的氣味。」那一定是因為我喝牛奶喝得太多的緣故了。

女人的幸福

Chapter Three

再長大些，我們會發現世上有許多好玩的東西，
何必老想著什麼時候結婚？
為什麼老是擔心自己沒人愛呢？
除了愛上愛情，我們還有太多東西可以愛，
也有太多東西可以喜歡和花心。

單身女人的「三不」政策

有人問我，二十一世紀的單身女人應該是怎樣的。我不是單身女人的代言人，我不懂回答這個問題。如果你問我，二十一世紀的我是怎樣的，這個我倒可以回答。

我會落實執行「三不政策」。

「三不」就是：不照顧、不花心思、不仁慈。

「不照顧」就是不再照顧男人。照顧一個人，實在太累了。要關心他的起居飲食，關心他的工作、家人，還有他的情緒。你要把他照顧得妥妥帖帖，讓他知道你是最好的。我不想再這麼辛苦，我要別人來照顧我。

「不花心思」就是不再花心思去哄男人。所有節日、他的生日或重要日子，不再花心思買禮物或做些什麼事情討他歡心。送禮物是要動腦筋的，要你自己喜歡，又要他喜歡，多麼困難？心思就是時間。假如有時間，也用來奮鬥。

最後一點，就是「不仁慈」。對不愛的男人，絕不心軟。既然已經對他沒感覺，就不再拖拖拉拉，別浪費時間，也不要讓他存著希望。讓他存有希望，才是最殘忍的。

對那些不識趣、死纏爛打的男人，更絕對不需要仁慈，不妨直接跟他說：「我不想浪費你的時間，也不想你浪費我的時間。」

我們一起努力吧。記著：不照顧、不花心思、不仁慈。

女人最討厭什麼

這是其中一件事情：

一天，你心情很好，於是穿上新買的衣服，打扮得漂漂亮亮上班去，結果，幾乎你遇到的每個人都問你：

「你今天晚上要去參加宴會嗎？」

一定要去參加宴會才可以穿得漂亮一點的嗎？你又不是穿了晚裝。

這些人自己老是穿得隨隨便便，上班的那身衣服看起來好像是昨天睡覺時穿的。看到別人穿得講究一點，他們馬上露出一個不以為然的表情，語帶嘲笑地問你是不是去參加宴會，言外之意是說你穿得太隆重了。

同他們比，你自然是隆重。可是，你從來就沒問過他們天天穿成那個樣子是不是一覺醒來就趕著上班，來不及換衣服。你也很厚道，沒問過他們是不是沒錢買衣服。他們為什麼偏偏要破壞你的好心情呢？

他們知道一個人每天要撿起多少散落一地的自信心才可以挺起胸膛，帶著微笑走出家門去嗎？

生活中的每一天，我們脆弱的自尊心都會受到打擊。有時候回到家裡，只想大哭一場。為了不想看到自己的模樣，只好奮力避開所有鏡子。

難得一天，心情好，狀態也好，穿什麼都好看，於是細心打扮一番，只為了討好自己、愉悅自己和鼓舞自己。沒有讚美也罷了，還要被人問是不是去參加宴會。這些人，除了討厭，還是討厭。

女人的三個階段

十九世紀奧地利名畫家克林姆有一幅名作，現今收藏在羅馬國家現代美術館，名叫《女人的三個階段》。

畫中展現了女性從女嬰長成美女，再變成老嫗的過程。在色彩鮮豔的地毯襯托下，懷中抱著嬰兒的年輕母親頭上綴滿了鮮花，看起來就像少女，熟睡的女嬰粉嫩可愛。相較之下，母女旁邊那個長髮掩面的老嫗身體衰老，手臂上的血管凸出，胸脯乾癟下垂，腹部鼓起，一一顯示了歲月的無情。

我們都知道歲月多麼無情，經過藝術加工的無情，卻彷彿在年華終將老去的悲傷裡綴滿了晶瑩的淚花。

那淚花，一旦回到現實裡，卻化成了一副年華老去，失去了光彩的形體。

我們並沒有很多機會看到別的女人赤裸的形體，除非是在溫泉裡吧。

每一次，當我赤身露體泡在異鄉的溫泉裡，別人在看我，我也在看別人。

尤其在日本，泡溫泉的，大都是老嫗。

日本女人很愛美，即使上了年紀，也會化妝，泡溫泉時，依然不卸妝。然而，身體卻沒法化妝。一次又一次，我看到皺褶的頸子、下垂的胸脯、鼓起的肚子、凹下去的臀部、筋脈凸起的雙腿……毫無疑問，有一天，我也會變成這樣。那短短的瞬間，我已然看到自己的將來。

就像跑馬地天主教墳場上那兩句著名的對聯，下一句是這麼寫的：他朝君體也相同。

女人的養老金

一個女孩子問我：

「要是知道自己將會孤獨終老，朋友都一個一個嫁出去，該有什麼心理準備？」

這個女孩子未免太憂鬱了。

不到老的那一天，誰又知道自己是不是孤獨終老？

此時此刻身邊有伴的，難道就永遠不會分開嗎？萬一那麼倒楣，老了才分開，不也是會孤獨終老嗎？

相反，此時此刻孤零零的，看著朋友一個一個嫁出去，有些還不止嫁一次，誰又敢說老了不會枯木逢春，不用孤獨終老？

要是害怕孤獨終老，該有的不是心理準備，而是現實的準備。

人是不會突然孤獨終老的，而是一步一步走在那條路上。不是突然而來，到時候自然會慢慢接受。

要擔心的反而是錢。

香港女人出名地長壽，孤獨終老，說的是隨時活到九十歲，甚至一百歲。那就是說，你要有一筆活到那麼老的錢。

一想到錢，人就難免發愁。年輕的時候忙著存「養老金」，省吃儉用，要是最後不用孤獨終老，當作中了頭獎也罷了。萬一活不到那麼老，豈不是虧了本？

然而，若是等到五、六十歲，眼見勢頭不對，這輩子將要孤獨終老了，這時才開始存「養老金」，也許已經太遲。

我的格言，是不要去想那麼多。反正，我們每個人，終歸也是會孤獨終老的。

女人的幸福

中學四年級的時候，有一天，跟我最要好的一個同學突然羞答答地問我：

「有沒有人稱讚過你長得漂亮？我呢，從小到大，我的長輩都說我漂亮。」

時隔多年，也許連她自己也忘記了，我卻始終記得這一幕，記得她臉上那個幸福的表情，也記得我根本沒有機會回答她的問題。

每當想起那天的情景，我都很想笑。我不是取笑她，她雖然不是大美人，卻也乾乾淨淨。而且，我好喜歡她，她很有主見和正義感。當老師要我罰抄又忘記了的時候，她竟然舉手提醒老師罰抄的名單上遺漏了我。然而，到了後來，當全班同學都對我不好的時候，她卻會孤身一人站出來支持我。我們是不打不相識的朋友。

我覺得好笑，是覺得只有女孩子才會這麼可愛，也只有兩個女孩子才會說這種近乎甜蜜的悄悄話。

說真的，我當時不覺得她漂亮，反倒是失去聯絡許多年之後，她剛從英國回來，我們再見，她告訴我，她放棄了一段多年的感情離開香港去讀書，去追尋自己的夢想，她也做到了。那一刻，我覺得她比小時候漂亮了許多。她做著自己喜歡的設計工作，也開展了另一段感情，可兩個人都沒打算結婚。

我不知道她如今結婚了沒有。幾年前，我們吃過一頓飯，然後又各忙各的。重聚的時刻，我始終不好意思像她當年提醒老師要我罰抄那樣，提醒她，她和我說過的那些話。

做女人是幸福的。年少的時候，我們可以說那種甜蜜的悄悄話。長大了，我們可以做自己喜歡的事，可以打扮得美美的，也可以心情不好就蓬頭垢面不見人。我們可以去血拼，胸罩髮卡護膚品玩具熊什麼都買一大堆回家，也可以把賺到的錢用來追尋夢想。我們可以對著自己喜歡的男人大哭或大笑，也可以擦著眼淚鼻涕問他喜歡我什麼，為什麼我那麼討厭，他卻還是愛我？

再長大些，我們會發現世上有許多好玩的東西，何必老想著什麼時候結婚？

為什麼老是擔心自己沒人愛呢？
除了愛上愛情，我們還有太多東西可以愛，也有太多東西可以喜歡和花心。

女人的風情

女人的風情，男人的風度，已經愈來愈罕有了。沒有風情的女人和沒有風度的男人同樣乏味。

女人的風情是「暖風薰得遊人醉」，風情在骨子裡的女人是第一流的，風情要賣弄已經是第三流了。

白雪仙小姐，六十多歲了，依然風情無限。風情不是風騷，而是盡得風流。風情是柔情似水，風情是一種聰明，能叫人忘卻生活裡種種的不如意。風情是一闋醉人的歌，像鄧麗君千回百轉的獨白：

「來來來，喝完了這杯再說吧。」

二十世紀九十年代的女性以為風情是過時的東西，二十世紀九十年代的男人都是一群餓風情的男人。

我們在自強不息的時候，忘卻了女人的風情原是靡靡之音，足以撫慰人的心靈。靡靡之音不是藝術，只是一種通俗的東西，但通俗的東西是大多數人需要的。

可知道女人的風情是男人的麻醉劑？

女人的毛病

男人總是會對面前的女人說：「我從沒有這樣對一個女人——」無論聽過多少個男人說這種話，每一次聽到的時候，我們還是會由衷地相信。為什麼會相信呢？

我們竟然相信他從沒這麼愛過一個女人、相信他從來沒有為一個女人如此著迷、相信他從來沒有對一個女人這麼溫柔、相信他從來沒有對一個女人這麼熱情……我們甚至相信他從沒這樣吻一個女人和撫摩一個女人。

怎麼可能呢？他以前又不是和尚，他又不是從深山裡跑出來的。我們有這麼大的魔力嗎？假使他從來沒有對以前的女人說過甜言蜜語，她們怎會留在他身邊？他以前的女人每次都是自己爬到他身上強暴他的嗎？

我怎能相信能夠挑起你情欲的只有我一個女人？

我不相信的理由很簡單，因為你是男人。

可是，每一次聽到男人說：「你是最特別的——」我們總是一邊懷疑，一邊相信。也許，這一次他說的是肺腑之言，我在他生命中是最特別的。以前是那些女人非禮他，只有我例外，是他想非禮我。

連這些事情也相信，也許就是女人的毛病。

女人的勳章

我很怕男人哭。

他哭，我也會哭。只要他流下一滴眼淚，我的淚水就會洶湧而出。

他哭，我會覺得我沒用，我什麼忙也幫不上。

他只是哭，什麼也不肯說，我會害怕他要離開我。

他哭，我會心痛，寧願哭的是我。

當我愛他，他每一滴眼淚都震撼我心。

當我不愛他，他的眼淚讓我很內疚。

當他哭著說：「不要離開我。」我怎麼能夠說：「我已經不愛你。」

他哭得太遲了，但我還是心軟。

他流著淚懺悔，我會重新懷疑自己的抉擇，縱使我曾經多麼堅定。

他哭，我會覺得自己是一名殘忍的劊子手。

他哭，我會覺得我毀了一個男人。我為什麼把一個好端端的男人弄成這樣，人不像人，鬼不像鬼？

不過，他哭總好過我哭。一個女人要走，男人的淚水，只是他送給她的勳章。她不會忘記，在她生命中，有一個男人曾經為她哭。

至於我愛的男人，他一哭，我便心碎。我什麼勳章也不要。

女人的胸

男人的胸是女人的home，女人的胸也是男人的home。

良家婦女的胸是家，留給她最愛的人，只有他可以回來。

歡場女子的胸是酒店。酒店和家是不同的，男人自己明白，可是他們當中有些人喜歡住酒店。

幸福的女人，她的胸只是一個男人的home。

曾經滄海的女人，她的胸是幾個男人的home。無論是一個或幾個，她也曾用心為男人提供一個溫暖的家，沒想到他會離家出走。

男人的胸堅強，女人的胸溫柔。男人的家跟女人的家終究有些分別。男人的胸可以同時成為幾個女人的home，還可以有房出租。但女人的胸，若同時成為幾個男人的home，便是淫蕩，會被人看不起。

男人用胸肌來裝飾胸部，女人則用文胸，因此女人的home比男人的home

更浪漫，消費也更高。

女人希望擁有一個雅致的家，可是這一切不由你決定，由遺傳因子決定。你媽媽擁有一個怎樣的家，你大概也擁有一個這樣大小的家。有些男人喜歡住大屋，有些男人則認為大小不要緊，內涵最重要。

男人一旦把一個女人的胸當成home，他追求的不是大小，而是溫暖。女人的胸一旦成為一個男人的home，她才有溫柔下去的意義。

如果沒有愛情，女人寧願home alone。

女人的軀殼

一個男人說，他對女人只有一個要求，就是她們的軀殼。他不需要她有學識，不需要她有頭腦，不需要她有性格，因為這一切，他自己已經擁有，無須找一個女人來挑戰自己。他也不需要跟女朋友溝通，他有很多朋友可以溝通。他只憑外表喜歡一個女人。

但，到頭來，這些年輕的女人卻一個一個離開他。他終究不明白，他對她們要求如此低，她們竟然還不滿足。

男人需要的，是溫存；女人需要的，是溫暖。

男人可以純粹愛一具軀殼，女人卻不可以。當愛情消逝，男人提出分手，痴心的女人還可以含淚挑逗男人，男人多半受不住引誘。若是女人提出分手，她甚至不願意這個男人再碰她。

女人不會愛一具軀殼，也不想單單因為自己的軀殼而被愛。女人雖然會喜歡一個英俊的男人，最終還是希望跟他溝通。女人也渴望男人會欣賞她軀殼以外的東西。一具軀殼終究會老去、褪色，單單迷戀她的軀殼的男人，並不能給她安全感。

男人為了美麗的軀殼，而選擇一個智慧水平比他低很多的女人，結果女人卻感到苦惱。她想跟他溝通，但她發覺自己壓根兒就不知道他腦子裡想什麼，而這個男人也不打算告訴她他在想些什麼。女人於是失意地離開，她不能如此耽誤青春。

女人的上面和下面

在街上吃魚蛋麵時，鄰桌有四個三十來歲的男人，外表有點草根，談話卻不乏佳句。其中一個男人說：

「男人最重要的是上面和下面，女人最重要的是前面和後面。」

用他的語言來解釋：男人的上面和下面應該是腦袋和那話兒。男人要有智慧，又要有性能力。女人的前面和後面，應該是指胸部和臀部。女人要玲瓏浮凸才有吸引力。

男人真的只需要上面和下面嗎？我覺得前面和後面也很重要。前面是他的胸襟和遠見。男人最好有點眼光和懷抱吧？只看到眼前的東西，沒有抱負，胸襟又狹窄，這種男人太渺小了。

男人的後面也很重要。他必須是一個安全的大後方，讓女人可以倚靠。他是我最後的堡壘，即使全世界的人傷害我，他仍然會留在我身邊。

除了前面和後面，女人的上面和下面也同樣重要。只有前面和後面，沒有上面的腦袋，肯定要吃男人的虧。至於女人的下面嘛……不要心邪，我說的是兩條腿。當你愛的男人不再愛你或是不值得你愛，千萬不要再留戀，一定要跑得快，別為他浪費你的青春和深情。

女人與地獄

男人看不起那些自以為萬人迷的女人，但男人之中，也有不少自認萬人迷。

他不知哪裡來的自信，認為許多女人都對他有意思，而且經常幻想跟他親熱，他認為大部分女人都迷戀他的智慧和身體，於是，他在女人叢中，特別顧盼自豪。若有一個女人多望他一眼，他堅信那個女人正用眼睛非禮他。若有女人跟他多聊幾句，他認為她是引他注意。女人穿得性感，他認為她是想挑逗他。女人撥錯電話號碼，打到他的電話，他認定這個女人藉故找他。

女人說清楚：「對不起，我對你一點意思也沒有。」他卻說這個女人只是不敢承認。

沾沾自喜的他，到處告訴別人，很多女人喜歡他，而且還指名道姓，一廂情願。

對付這種男人，有什麼方法？你愈罵他，他愈覺得你在乎他，他已經到了厚顏無恥的地步。唯一方法，就是蔑視他。

威廉．康格里夫說：「天堂之怒不比由愛轉恨之烈，地獄之暴亦不如女人之輕蔑。」

上帝的憤怒，也不及情人的恨意可怕，魔鬼的暴烈也不及一個女人的輕蔑。

女人對一個男人的輕蔑比地獄裡各種酷刑更殘酷。對付男裝萬人迷，最好忘記他存在，不用咒他去地獄，女人本身，可以是天堂，也可以更甚於地獄。

不講理的女人

我最不可能做的工作是物理學家。

我完全不明白關於物理的一切。那時上物理課，我把做實驗時燒熔了的膠喉管，黏在同學的屁股上，她跑了一大段路去吃午飯，還沒有發現，那是物理課帶給我最快樂的回憶。

難忘的還有教物理的老師。我們都是女生，大部分是科學傻瓜。上課的時候，通常是他一個人自說自話。

如果我測驗得四十分，他說這次四十分已經及格。我每況愈下，拿了二十分，他說這次的題目很難，二十分已經合格。

所以，我是物理課及格的物理盲。

這因為我是個蠻不講理的人。

我被人罵得最多的話是：「你這個人蠻不講理！」

對不起，道理不是對最愛的人說的。

男人不必拉著女朋友說：

「你聽我解釋。」

因為我們會說：

「不聽！我不聽！」

如果我原諒了你，不是因為我聽了你的解釋，而是因為我仍然愛你，被你急於向我解釋的樣子感動了。

刷地板的女人

E小姐星期天看雜誌，知道輩俐小姐每次來香港，住在男朋友黃和祥先生的家裡，都替他煮飯、洗衣、清潔客廳、刷地板，令黃先生十分感動。E小姐照辦，當夜就替男朋友刷地板。

E小姐的男朋友回到家裡，發現胖胖的E小姐跪在地上，捲高衣袖，蓬頭垢面的，拿著一只大木刷刷地板。

「你幹什麼？」他問她。

「替你刷地板。」她溫柔地說。

她以為他一定會感動得說不出話來，誰知他說：「這是柚木地板，不能用刷子去刷的，要抹地板，應該用拖把和水晶蠟。」

E小姐怎會不知道用拖把更舒服？但她覺得跪在地上那個動作才夠煽情。誰知男人一點也不感動，她氣餒得倒在地板上。

E小姐不是錯在刷地板，而是錯在她是一個普通女人。

一個普通女人替男朋友刷地板的震撼力當然比不上一個大明星。公共屋村裡，不知有多少主婦每天都在刷地板，你問問她們的丈夫是否感動？女人肯為男人做一些她根本用不著去做的事情，才可以感動男人。她是大明星，放著菲傭不用，親自去刷地板，這才感人肺腑。

你不必深究替一個男人刷地板是否就代表愛他，你只需要知道，要得到一個男人，有時也需要一種手段。

眼界非凡的女人

女人的眼界往往比男人準確。

有一年，奧林匹克運動會定向飛靶項目，男女混賽，拿冠軍的是女人。

所以，能一矢中的的，往往是女人。

我們眼界準確，已毋庸置疑。至於打籃球輸給男人，不是輸在眼界，而是輸在高度。況且，你以為投籃難度高，還是射擊難度更高呢？

因此，男人不必驚訝，當一個女人發脾氣，要抓起東西亂扔的時候，雖然情緒激動，她仍然能夠一手就抓起不屬於自己或是不貴重的東西來扔。

雖然衣櫃裡塞滿大家的衣服，她仍然能夠準確地拿出男人的衣服來剪爛，而不會剪錯自己的。

當她傷心欲絕，要離家出走的時候，她也能揀出最名貴的那幾件衣服扔進皮箱裡，不會弄錯。

所以，不要懷疑女人的眼界，我們隨時會令男人眼界大開。

愛才的女人

女人最可貴的地方，是愛才。

女人愛才，非常直接。他文采風流，才高八斗。他的畫，落筆非比尋常。他的電影，自成一格。他寫的歌詞，讓人嘆息。他的音樂，是天籟。只要男人擁有其中一種才華，就足以使女人為他傾心。

男人的才情令女人目眩。即使他長得像愛因斯坦或武大郎，女人仍然心甘情願愛他，並且在他懷才未遇、生活潦倒的時候，在經濟上支持他。有財的男人很多，有才的男人太少，女人都想擁有一個。

女人最可憫的地方，也是愛才。

要知道，所謂才子，其實是生性頑劣的天才兒童。他們非常難教，情緒多變。才華橫溢，生活上卻低能。女人愛上一個才子，要比愛上一個普通男人付出更大努力。天才兒童未曾早逝，女人已經早衰。

才子愈來愈放縱，也是女人縱容的。女人有一種誤解，以為一個才子如果不夠任性、不夠多情、不夠瘋狂、不夠善變、不夠花心、不夠無恥，便是他的才氣不夠，女人在埋怨他的同時也欣賞他，她以為才子不應該是正常人。

但是，女人終於也會清醒。她的才子一直懷才未遇，她供養他，他卻不停愛上其他女人。她傷心欲絕，黯然離去。

磨蝕才情的，是生活。磨蝕一個女人愛才的心志的，也是生活。

吸菸的女人

不快樂時，抽一根菸，醉菸的感覺像醉酒那樣傷感。菸，讓我想起一個愛情故事。

我從前有位女朋友，菸抽得很兇。可是她男朋友最討厭別人抽菸，所以，每次跟男朋友見面之前，她會刷牙漱口，清除口裡的菸味。

那天晚上，我在她的家裡，她一根接一根地抽了兩包菸。這個時候，她男朋友剛好打電話來，說他正在附近，十分鐘之後來到。

她嚇得魂飛魄散，連忙跑去刷牙。刷牙刷了一半，她從浴室跑出來叫我幫她把窗打開，那一刻，她口裡全是牙膏泡沫和鮮血，半條牙膏掛在她的胸前，那是因為太心急，太用力刷牙，所以流血。

口裡有一股牙膏的薄荷味，她覺得太著跡了，人急智生，又灌了幾口白蘭地，把口裡的薄荷味變成酒味。

後來，他們分手了。每當談起那天晚上的狼狽相，她苦笑淒然。

肯為一個人去假裝自己，也許是最細微的愛與犧牲，笑中有淚。我只是不知道，曾經是她假裝沒有抽菸，還是他假裝沒有嗅到菸味。

好女人是衣物柔順劑

好女人，其實是一瓶衣物柔順劑。

上一代沒有衣物柔順劑，女人選擇溫柔婉順，或多或少是由於傳統、生活和家庭。

這一代，洗衣機有衣物柔順劑這一格。女人選擇柔順處理，是自行挑選了溫柔婉順做武器，不能說自貶身價。

一個本來不柔順的女人，最終選了溫柔做武器，必是受過慘痛教訓，發現溫柔才是不費勁卻又最厲害的武器。

任何質料的男人，只要用法得宜，女人都可使之柔順鬆軟。

如果他是來自大自然、不受拘束的羊毛，給他自由和空間，讓他回復天然彈性。

如果他本來就是粗糙的毛巾，不解溫柔，粗心大意，則以雙倍細心和忍耐代替埋怨，讓他感動、內疚。日久變得柔軟舒適。

如果他是人造纖維，最害怕靜電，請不要管束他，而是溫柔地等待。有需要時，不妨加進幾滴眼淚，漸漸使之順滑服帖。

如果他是棉質、麻質和混紡，脾氣不好，容易起縐，不必跟他爭執，選擇在他平心靜氣時才溫柔地提出自己的意見，漸漸地，他會容易熨平。

當然，男人首先要是一件像樣的衣服，女人才肯做衣物柔順劑。

置之 cheap 而後生

沒有人想 cheap，有時候，我們卻身不由己地 cheap。

C 說，她上個月跟男朋友分手了。他有另一個女人，她不能忍受跟別人共同擁有一個男人。分手之後，她卻捨不得他。她兩次主動打電話給他，他的反應很冷淡。

她覺得自己很 cheap。她打電話給一個已經不愛她和不再關心她的男人。她問：「我是不是真的很 cheap？」

寂寞是 cheap 的元兇。當你找不到另一半，當你孤單的時候，你唯有 cheap 一次。cheap 一次有什麼關係呢？

人家說：「置之死地而後生。」我們是「置之 cheap 地而後生」。明知道愛情已經消逝，還是不肯放手，還是希望他回心轉意。我很想高傲一點和高尚一點，可是，我的心靈願意，我的肉體卻軟弱了，我想念他。我真的覺得這樣做有點 cheap，最後，我還是拿起話筒打電話給他。只要他還愛我，我就不 cheap。

他的聲音是如此冷漠。當他不愛我，他竟比我高尚。

那一刻，我如夢初醒。不 cheap 不 cheap 還是 cheap，我 cheap 了一次，看到他已經徹底地變心，而我，終於可以死心了。我不會再找他，我要重新做一個高尚的女人。曾經 cheap 過，才學會自愛。

女人的床上禮儀

有些女人，在上床前，禮貌周到，把自己最好的一面儘量表現出來，一到床上，便原形畢露，儀態盡失。要在對方心中留下美好印象，應該要注意床上禮儀，床上禮儀就和餐桌禮儀一樣，足以表現你這個人的知識和風度。

女人在事前半推半就，雖然虛偽，卻是一種儀態，切忌急躁。

事後不要抽一根菸，除非你不是正經女人。

欲火焚身時，也不要主動寬衣，這些工作應該留給男人做。跟對方還不是太熟的話，不要主動解開他的皮帶，替他脫衣服或撕爛他的衣服，使自己看起來像性饑渴。然而，當他無法解開你身上一些衣服時，可以悄悄幫他忙。

在適當時候，發出適當的叫聲，是對對方的一種鼓勵和讚美，等於看歌劇要鼓掌。

不要在過程中睡著或催促對方，這是很沒有禮貌的。

在床上應儘量讚美對方的外表和能力，把六十分說成一百分，對方自然會禮尚往來，稱讚你是他見過的最漂亮的女人。不必介意說謊，誰會在床上說真話？

事後不要纏著男人說話，應該理解他們是很疲倦的。大部分男人都是在這個時候讓女人有機可乘，將他去勢。

情色的詩意

曾經有編輯找我寫情色小說，任我開一個價，甚至不需要我用真名。他的「好意」，被我婉拒了。

我不是看不起情色小說，我是看不起自己罷了。我自問沒有信心寫得好。假如寫得好，我用自己的真姓名寫怕什麼？七情六欲又不是見不得光的事。寫得糟糕，才真是沒臉見人。

一流的情色小說，本身就是文學。寫情色小說，比起其他小說更需要作者的才氣。他不必熱中性愛，太熱中的話，便沒有時間和體力寫作了。但他的確需要有深厚的文字功力和想像。

人體的面積總共才那麼小，身體上的洞洞也不過是那幾個，在這些洞洞上做功夫，很快便寫完了，沒有生花妙筆，便無以為繼。

有人以為把愛情小說寫得鹹濕一點便是情色小說，也有人以為把做愛場面寫得大膽露骨便是好的情色小說，這些人大概還沒讀過好的作品。

性愛並不單單是性器官的交合。美妙的性，必然包含了愛、激情、期待、歡笑、淚水、承諾、爭吵、嫉妒、夢想、遺憾，還有光線、氣味、美酒佳肴。

欲念需要愛情的滋養。引人入勝的情色小說，是一首詩，它不會放過對每一個細節的描摹，讓我們從美好的性事體會愛情的極樂。

這豈是我現在可以做的呢？我只能告訴你一點看法：性愛若缺乏了詩意和期待，只會淪為一個乏善可陳的感官遊戲。

光陰之於女人

若有一天，男人與初戀情人重逢，他會希望她仍像當年，絲毫沒有改變，而不是由漂亮迷人的女孩子，變成一位衰老、肥胖，挽著兩個塑膠袋，在街上呼喝著丈夫和兒女的婦人。男人幾乎不敢相信，眼前這位太太是他年少時魂牽夢縈的人。在男人的回憶裡，她不是這樣的。太殘酷了。他不願他的青春夢裡人輸給光陰。

若有一天，男人與曾經刻骨銘心的女人重逢，他希望她活得快樂，而沒有由年輕漂亮、充滿自信的女孩，變成衰老、失意、憂傷、失去光彩的女人。即使當年是她離開他，他也希望她得到幸福，而不是變成這樣。如果當年是他離開她，他更希望她會找到幸福。一旦她輸給光陰，失去美貌和自信，男人不禁內疚。

然而，若有一天，男人重遇那當年豔名遠播、顛倒眾生，卻傲慢、冷漠、不可一世的女人，他希望她變得衰老、肥胖、青春不再。他也曾拜倒石榴裙下，但女人看不起他，推搪他的約會，利用他、愚弄他，對他說：「你配不起我！」

男人自尊心受損，悄悄離開。他知道無法贏得她的芳心。

但，歲月為男人復仇，多麼得天獨厚、多麼動人心魄的女人，也會老去。失去無敵的青春以後，她也失去對男人呼之則來、揮之則去的特權。

如果她依然傲慢、冷漠、不可一世，她將得不到任何男人。

歲月從來優待男人。當年愛慕她，卻飽受冷眼的小子，今天已經變成穩重成熟的男人，散發著魅力。當年驕傲的女人卻敗給歲月。

對女人最大的懲罰，不是男人，而是光陰。

照顧與「照住」

V時常跟她的男朋友說：「愛，就是照顧。你愛我就要照顧我。」

她所指的照顧是男朋友有責任每個月替她繳付信用卡的帳單，陪她買衣服，並且替她付錢。她喜歡什麼，就買給她。她獨個兒去旅行，他也要負責她一切開支。

她像個貪得無厭的人，還俏皮地告訴我：「我必須要灌輸這種觀念給他。」結果，分手之後，他不再照顧她。她很肉痛地說：「原來要自己付帳單是很心疼的。」

如果照顧是物質上的照顧，一旦失去，頂多是肉痛而已。

只有當照顧是感情上、心靈上、人生路上的照顧，失去的時候，才會覺得可惜。

一個跟你來往不久就願意替你付帳單的男人，心中也有一筆帳。他會在你身上取回，他會計較你值不值這筆帳。

只有用愛來照顧一個人的時候，我們才會毫不計較，還深恐自己照顧他照顧得不夠好。

只能夠被男人用錢去照顧的女人，是最貧窮的女人。

我們富足，乃因為被愛。

照顧不是施捨，不是從荷包拿錢出來那麼輕易。照顧必須付出努力，我愛那個我為他努力的人，而我愛的人，我會為他努力。

只付錢那種，不是照顧，是「照住」。

大家的那個

大夥兒聊天的時候，一個四十幾歲的男人說：「我也很想嘗試做女人，我只是最受不了女人每個月有那個……」

我取笑他：「到了你這個年紀才變作女人，每個月應該已經沒有那個了。」

男人覺得女人每個月的那個很麻煩，女人倒是覺得男人身上的那個才麻煩。

我喜歡做女人，來生還是希望做女人。總覺得女人的身體和線條是比男人好看的。男人身上的那個，怎麼看都不是藝術品。

做男人，最苦的還是要穿褲子。古代歐洲的男人是穿裙子的，不知道什麼時候開始，穿裙子變成女人的專利。男人的身體構造根本不適合穿褲子，尤其是不適合穿牛仔褲。

女孩子們笑了，都同意我的看法。我們女孩子可不同了，穿褲子瀟灑，穿裙子漂亮。穿褲子的時候，也不用決定那個東西應該放在左邊還是放在右邊。

座中另一個男人很認真地說：「現在已經有些男裝內褲可以把那個固定在正中間。」

有這種褲子嗎？那麼，是否還可以選擇要中間偏左還是中間偏右呢？

女人每個月的那個的確麻煩，不過，比起男人的那個，我還是寧願要我這個。

他不陪你吃飯？

男朋友今天晚上又不陪你吃飯。他有工作要做，他有不能推掉的應酬。那怎麼辦？

與其發脾氣或兇巴巴地罵他，不如想辦法讓他內疚。

他在電話那一頭說：「你自己吃點東西吧。」

那麼，你就告訴他：「我不吃了。」

「你肚子不會餓嗎？」他問。

你輕輕地說：「你不陪我吃飯，那麼吃飯就只是為了活著，有什麼好吃？」

雖然很肉麻，但男人聽到了，一定會立刻膨脹好幾倍，覺得自己很偉大。以後，他會儘量陪你吃飯。一旦為了其他原因不陪你，想起你說的話，他會內疚的。

假如他說：「你自己吃點泡麵或是什麼吧，總之不要挨餓。」

你便可憐兮兮地說：「沒有你陪我吃，再好吃的東西也沒有味道。而且，我不習慣吃飯時要自己夾菜。」

他一聽到你這樣說，心都軟了，以後會儘量抽時間陪你。

他不陪你吃飯？嘿嘿，你就要他內疚死。當然，你不用真的不吃飯。

檢查他的浴室和廚房

男人的家，不單反映他的品味，也反映他的私生活，女人第一次到有好感的男人的住處，務必觀察入微。

首先，留意他的浴室裡有沒有女人用品。如果浴室裡有一頂浴帽，別相信是他自己用的。有兩支牙刷的話，一定是有女人留宿，別相信他用另一支牙刷刷指甲。

留意浴缸或地上有沒有長髮或鬈曲的頭髮遺下（男人本身留長髮或燙了髮則例外），然後，不妨檢查一下他的污衣籃內有沒有女裝內衣褲，如果沒有女裝內衣褲，則看看他穿什麼男裝內衣褲，如果全是鮮紅色三角褲、花內褲或丁字內褲，這個男人一定是有性沒愛的，快走！

離開浴室，便應該到廚房去。他不愛煮食，卻有一條女裝圍裙，這間屋一定有女主人。

洗碗盆裡放滿用過未洗的碗碟，碗碟內的剩菜殘羹已經開始發酵了，這麼骯髒的男人怎要得？

接著，打開冰箱看看，裡面放滿一瓶瓶護膚品，這間房子怎會沒女人留宿？再留意護膚品的牌子，若全是高級貨，這個女人應該是美女，若全是廉價貨，一定是個醜女。

萬一他說護膚品是他用的，那就更可怕。

檢查他的書房和客廳

檢查過男人的浴室和廚房，便輪到他的書房了。

他連書房也沒有，肚裡會有多少墨水？

書房是有了，但是書架上只有寥寥幾本書，除了寫真集之外，什麼也沒有，這個男人會有多少內涵？

他的書架上放滿書，既有世界文學，又有整套百科全書，別開心得太早，檢查一下那些書，書上一點折痕和翻過的痕跡都沒有，像新的一樣，那麼他不過是裝模作樣罷了。

離開書房前，別忘記看看他用什麼日曆。

把那種穿三點式泳衣，「波濤洶湧」的寫真女郎月曆掛在牆上的，一定是個色情狂。

走出客廳，發現他家裡連一份報紙也沒有，他是個不看報紙的人，言語一定乏味。

他的電視機旁邊放的錄影帶，全是×級的色情片，你要對他重新估計。

然後，不妨檢查他的鞋櫃，一打開鞋櫃，一股臭味撲鼻而來，這麼不衛生的男人，最好遠離他。

若鞋櫃沒有臭味，就看看他把鞋子穿成怎樣。好端端一雙皮鞋，他穿完之後，前後左右擴闊了半寸，鞋尾壓扁了，鞋跟沒了半邊，這樣蹂躪一雙鞋的男人，你怎可能把自己交到他手上？

你會問：「臥房呢？」

第一次到男人的住處，還是別在他的臥房裡停留太久，況且有備而戰的男人也不會在臥房裡留下蛛絲馬跡。

去搗亂他的辦公室

老實說，每次跟男朋友吵架之後，我最想做的事情是悄悄闖進他的辦公室大肆搗亂一番。首先把辦公桌上的東西全部掃到地上，然後把他的電腦舉起再擲到角落裡，接著砸碎所有值錢的東西和重要文件，再把辦公桌翻轉，拿起椅子扔到牆上，拗斷一隻椅腳用來敲碎所有玻璃……

意猶未盡的話，再跑到停車場，跳到他那輛心愛的車子上狂踹幾腳。

彷彿只有這樣，才可以一洩心頭之憤，讓他知道惹你生氣的代價。當然，最好是他看到自己的辦公室慘變廢墟之後，還立刻跑來，熱淚盈眶地擁抱著你，讚美你是他見過的最敢作敢為而又可愛的女人，他這輩子都愛死你。

假使是這樣，壓根兒就是一場生死戀。只是，現實生活裡，我和你都沒有這個膽量。萬一在他的辦公室搗亂時被警衛抓著，豈不是要被拉進警察局？這還是其次，最怕男人看到你這麼恐怖，不敢再跟你在一起。

於是，每次跟他吵架之後，唯有想像自己已經跑到他的辦公室狠狠搗亂了一番，還看到他可憐兮兮地收拾殘局的樣子。只有這樣，我們的心情才會舒暢起來。

除了不敢，我們還是捨不得，捨不得踐踏他神聖的戰場。所以，男人，當你激怒女人的翌日，回到辦公室，發現自己的辦公室沒有被人搗亂，真的應該慶祝一下。

有足夠任性的錢

什麼時候，你覺得有錢真好？

曾經有一天，一覺醒來，心情很壞，很想馬上離開香港，一個人跑到老遠的地方去，於是打電話給旅行社，要他們替我訂去東京的機票和酒店，並且說：「我三天之後就要走。」

機票很快訂好了，我想要的飯店沒房間，唯有住另一家。但是，我總算可以離開。那一刻，是我第一次感覺到有錢真好。

從來沒有羨慕過別人的粉紅鑽石，也沒有羨慕過別人的山頂豪宅。看到人家坐在勞斯萊斯裡，也沒有覺得有錢真好。

當我想離開，而又有足夠的金錢去一個地方。在那個地方不用節衣縮食，住一年半載也不成問題，這才是我心中的富裕。

假如只是有錢買一張車票去窮鄉僻壤躲起來，那我當然不覺得有錢真好。

什麼時候想走，馬上就可以動身，天涯海角，生活品質不會下降，不用擔心會丟掉工作，也不擔心會把積蓄花光。

在旅途中，為了對自己好一點，可以隨意地吃，隨意地買。這樣的人，才是金錢的主人。

金錢太可愛了，它偶爾可以用來治療沮喪和悲傷。沒錢也可以幸福，有錢卻不一定幸福。然而，有足夠任性的錢，那是我所嚮往的其中一種幸福。

女人的購物欲與性欲

男人說，女人的購物欲比性欲更厲害。她肯定會記得一次非常快樂的購物經歷，例如買到一件很漂亮的衣服，卻不一定記得一次很美妙的性經歷。

有一次，她在大特價中買到一件非常超值的大衣。這個成功而愉快的經歷，她會常常拿出來跟閨中密友分享。至於跟男朋友一次很銷魂的親熱，她也許在不久之後就會忘記。

在外國許多問卷調查中，也發現女人喜歡逛街購物，甚至吃巧克力，多於跟男人上床。

當然了，購物的經歷，多半是愉快的。假使有不愉快，也會被下一次愉快的經歷取代。而男人，根本不可以取代購物。

我付錢買東西，我可以做主。跟男人談戀愛，不一定是我做主。他最後妥協了，讓我做主，可是，看到他那副氣鼓鼓的樣子，我就覺得委屈。

聽說某男士每次跟太太吵架之後就去飆車。當他去飆車，他太太就用他的附屬卡瘋狂購物。最後，他還是乖乖地回家去。

女人喜歡購物，男人應該高興才對。女人用購物來發洩，男人才會少一點痛苦。

女人去購物，根本不需要男人陪伴。他陪你購物時，雖然口裡不說什麼，但他的態度總是好像在催促你快點離開。晚上回到家裡，想起他剛才那副不耐煩的態度，你還怎會想和他親熱？

可憐做武器

有些女人會用可憐來做武器。

她們的外表通常弱不禁風，楚楚可憐。她們的身世更惹人同情。例如她爸媽早已經分開了，從來沒人照顧她和關心她，親戚朋友也不怎麼理她。她從小就生活在一個沒有愛和沒有安全感的世界裡。

她的病痛很多，不是頭痛就是胃痛、心痛、肚子痛、神經痛，經痛更比任何一個女人厲害。所有不好的事情，好像全都發生在她身上。小小一個良性瘤，她會說成癌症。

她愛哭，說起身世便淚流滿面，看到流浪小貓，她會淒涼地說：「有時候，我覺得我和牠一樣可憐。」

這種女人在工作上從來不會有什麼表現，她根本不喜歡上班，她每個星期都請病假。

她的私生活也許一團糟。以前的男朋友常常騷擾她，又問她借錢。她欠了財務公司的錢，她有吃藥和喝酒的習慣，因為她的人生太迷惘了。

這些楚楚可憐的女人從不過時，男人看到她，總是認為自己對她有責任，也應該保護她和愛她。她用可憐來支配男人，使他為她赴湯蹈火。我們這些看似堅強又不屑用可憐做武器的女人，才是最可憐的呢。

不要買給我

男人說，他真的不明白女人，不明白她們的「要」和「不要」。一天，他女朋友跟他說：「我看到一枚藍寶石戒指很漂亮啊！」他以為聽懂了她的意思。她卻說：「你千萬不要買給我。」

對於買戒指，他是有一點猶豫的。戒指跟其他首飾不一樣，男人送一枚戒指給女人，是對這段愛情的承諾。這個承諾同時也是責任，不是隨隨便便答應的，他覺得自己還不足夠去許下這樣一個承諾。

過了一段日子，女朋友又在他面前說：

「那枚戒指真的好漂亮！但是，你不准買，太貴了！」

那麼，她應該是不想要吧？既然不想要，為什麼老是提起呢？

他苦惱地問：「女人為什麼這麼奇怪？想要一份禮物的時候，總是不會直接說出來。」

男人的問題真笨，哪個女人會直接告訴你，她想要什麼禮物呢？除非她已經成為你太太。

「那她到底想不想要那枚戒指？」男人問。

不想要的話，便不會叫你不要買。

可是，男人得有個心理準備，當女人收到她想要的禮物時，她會感動得眼有淚光，卻說：「我不是叫你不要買嗎？太貴了！你真浪費！能夠退回去嗎？」

所謂幸福，便是能夠跟心愛的男人說這句話。

你一定是對的

Chapter Four

每當我們做了一個抉擇，
我們總會懷疑自己是否應該選擇另一種做法，
卻不知道根本不可能再選擇。
凡是不能回頭的愛，你也應該相信自己離開得對。

金龜婿

我問一個女孩子有什麼人生目標。她說：「我說出來你可能會覺得我很可笑。我的人生目標是找到一個富有的、我愛他、他也愛我的男人。」

我認為有目標勝過什麼目標也沒有，況且她要達到這個目標是相當艱難的，她願意為自己定下一個這麼艱難的目標，而且又那麼坦白，比起那些眼裡只有錢、口裡卻扮清高的女人好。

可是，金龜婿不是滿街滿巷都是，也不會自己找上門，他們在市場上十分搶手。如果一個女人想找一個金龜婿，請先問問自己：「我有什麼條件可以吸引一個金龜婿？」

我問女孩子：「你要哪一種金龜婿？是不是滿口金牙、脖子上掛著一斤半重的金項鍊、戴鑽石金錶、穿名牌西裝不剪去衣袖上的牌子的男人？」

女孩子說：「當然不是這一種。」

她要達成目標又增加了一重難度，因為前一種「金龜婿」比較多。女孩不喜歡讀書，不想進修，卻渴望找一個高尚而富有，並且能給她愛情的男人，難道他們會從天而降？

即使有一天，這個人真的出現了，他能愛你多久？任何有目標的人，都會為達到目標而努力。如果目標是找金龜婿，請先使自己成為一個值得被愛的女人。攀附是一件很痛苦的事。

我們渴求的儀式

問一個女孩子：「有人向你求過婚嗎？」

她想了想，說：「好像沒有。你呢？」

很慚愧，我也沒有。

我們說求婚，不是對方說：「嗯，我會和你結婚的。」也不是親熱時，對方說：「你嫁給我好嗎？」我們太知道了，這些都不是求婚。有哪個男人不曾跟自己所愛的女人說過這些甜言蜜語？明天一覺醒來，你不會問：

「你是不是真的和我結婚？」

這些情話，誰也不會當真。

真正的求婚，是一種儀式。

不一定要下跪，鮮花和戒指卻始終是我們渴望的。承諾，當然也不能缺少。

還有沒有男人是這樣求婚的？真想知道。

也許有人會說：「這種想法太落伍了！」

可是，我們仍然希望有一個儀式。

求婚，不是一種默契，而更應該是一份驚喜。

我不知道，哪一天，會有一個畢生難忘的儀式在等待我的應允。這是我所盼望的求婚，雖然，這個也許是奢望。

我不一定會嫁給你，可是，我還是想看到那個儀式。

愛情權力榜

國際政壇、商場、好萊塢，都有一個所謂權力榜，榜上列出一串最有權力、可以呼風喚雨的大人物。愛情，是否也有權力榜？要是有一個愛情權力榜，誰會榜上有名？是那些長得漂亮的人嗎？

人長得美，當然多掌握一點愛情的權力，然而，我們也見過漂亮的人受傷害。他們不一定能夠隨心所欲。

那麼，是富有的人嗎？

富有的男人似乎比較容易得到女性的芳心。然而，有錢卻不一定找得到真愛。富有的女人亦然。朋友認識城中一位富豪的千金，一直獨身的她說：「還是不要結婚了，我根本不會知道對方是愛我還是愛我的錢。」

你可以說她悲觀，也可以說她其實聰明剔透，對愛情沒有任何幻想。是聰明的人能夠登上愛情權力榜嗎？

我們卻見過不少聰明人戀愛時變得多麼笨。愛情並不是智力遊戲，最後贏的不一定是智商最高的那個。許多聰明人都在情場碰得焦頭爛額。

是多情的人嗎？

多情的人也許能多愛幾個人，卻不一定能夠駕馭他們。玩多角戀愛的人最終也許變成孤身一人。

是花心多變的人嗎？

我們見過許多這樣的例子：一個花花公子終於遇上一個他願意為她改變的女人。他安定下來，從今以後只愛一個人。然而，後來的一天，卻是這個女人不愛他。他能夠抱怨些什麼呢？他不也曾這樣傷害過別人嗎？

是無情的人最有權力嗎？

他們無情，不容易愛人，也不容易受傷害。他們早已經不相信愛情，或是天生就不相信愛情。他們仍然會愛上別人，然而，他們的愛很短暫，他們最愛的是自己。這種人無疑是可以登上愛情權力榜的，但條件是：他們最好長得漂亮。

是名人嗎？

名人就像名牌，許多人會慕名來愛他們。然而，我們不也見過許多愛情敗將都是名人嗎？他們能夠上榜，卻不保證名列前茅。

是壞人嗎？

我們只知道好人一定落榜。壞人呢？壞人也有很多種，有一種壞人無惡不作，卻是痴情種子，這種壞人應該上不了榜。

是英雄嗎？

那麼，他幾乎必須是一國之首。人們會把女人送到他那裡，許多女人夢想著成為他的情人。然而，她們真的愛他嗎？還是愛他的權？

榜上有名的會不會是藝術家？

畢卡索是真正能夠登上愛情權力榜的人物。他一生多情，不斷戀愛，他的情人都成了他源源不絕的創作靈感。他的作品極多，拋棄情人的速度也極快，那些可憐的女人只是用來成就他傑出的天才。

而今，我們終於明白為什麼沒有愛情權力榜，上榜的人太少了。然而，儘管上不了榜，我們都曾經擁有一些權力：當你被追求、當你被愛，你是有權的，有權撒嬌，也有權浪擲對方的愛情。那時候，要是你和他在街上吵了一架，他像小狗般跟在你後面，你可以轉過頭來罵他：「別跟著我，我不想看見你！不想感覺到你！」他以為你討厭他，不敢再跟在你後面。

你一直走一直走，回頭發現他不見了。你打電話質問他：「你跑哪裡去了？」

「你說你不想見到我，所以我走了。」

「我不想見到你，可沒說不想讓你見到我啊！」你生氣地說。

然而，當他不愛你，你也就不再擁有這種權力。

也許，還是法國人說得對，人不要擁有太多，只要有一點愛、有一點錢、有一點權就好了。

我們要的不就是那一點撒嬌撒野的權嗎？

同居男友的用途

一、負責幹掉在家中出沒的蟑螂，並處理一切善後工作。

二、負責試食冰箱裡的過期食物，判斷是否已經變味。

三、負責盡力旋開女友沒法旋開的所有瓶蓋，並且為了男性尊嚴，不惜使出渾身解數，五官扭作一團，也堅持要旋開那個瓶蓋。

四、負責屋裡一切電器，包括電腦的維修及保養事宜。

五、當家裡的電箱跳閘時，負責首先觸摸有可能漏電的電器。

六、冬天時作為床上的人肉電暖爐，讓女友暖腳。夏天時負責半夜起床關掉冷氣。

七、為免浪費，負責繼續使用女友不想再用和不再喜歡的洗髮精、護髮乳、沐浴露、洗面乳、面霜及面膜等等一切女性用品。

八、趕時間時，負責首先出去按停電梯等女友。

九、半夜聽到任何可疑的聲音，負責打頭陣看看是不是有賊人入屋，同時基於男性尊嚴，必須表現出一副勇敢的模樣。

十、兩個人一起看電視時，作為人肉遙控器，聽從女友的吩咐隨時轉臺。

十一、當女友看電視看到一半，不知不覺在沙發上睡著時，負責用強壯的手臂把她抱回床上去，然後把她的拖鞋在床邊放好。

暫時想到這些，日後想到其他用途再寫。

二合一

凡是二合一的產品，品質都不會好到哪裡。

二合一洗頭水出現之初，大家趨之若鶩，使用之後，才發現這種把洗髮精和護髮乳合而為一的洗髮精，品質低劣，多用幾次，就有頭皮屑。有些人用了之後，更開始脫髮。

洗面乳和磨砂膏二合一，品質也奇差。洗臉和磨砂根本是兩回事，洗面乳是清潔面孔，磨砂膏是去死皮，一張臉，怎能天天這樣磨？

冷氣機和暖氣機二合一，同一部機子，夏天時吹出冷氣，冬天時吹出暖氣，好像很理想，但用過的人都知道這種機子最容易壞。

一部光碟機，可以看ＬＤ，又可以看ＶＣＤ，還可以聽ＣＤ，品質一定比不上一部獨立的光碟機。

如果有一種藥膏，又可以塗，又可以吃，你敢不敢吃？

但凡高品質的產品，絕不會是多種用途的。二合一或三合一、四合一等，不過是降低品質來迎合懶人或沒有要求的人。

女人也不要希望找到一個二合一、三合一或四合一的男人，他富有又博學、英俊又專一、事業有成，同時又情深一往，那是不可能的。所有好處不可能在同一人身上出現。

世上根本沒有二合一的好男人和好東西。

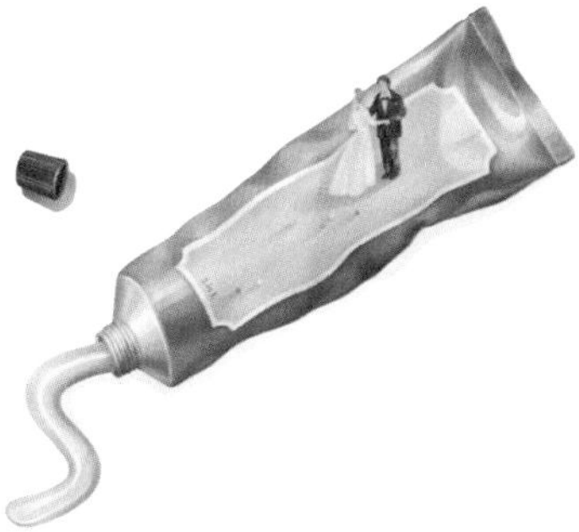

「不」和「是」

米蘭．昆德拉在《笑忘書》其中一章裡說，男人做過一個統計，女人口中說得最多的一個字是：「不。」

從開始到結束，女人不斷說不。「請不要」、「不要這樣」、「不要那樣」、「不要！不要！」。於是男人的結論是：女人口不對心，比較虛偽。

果真如此，男人也不遑多讓，他們說得最多的一個字，應該是：「是。」

女人問男人：「你是愛我的嗎？」

男人說是。

女人問男人：「你是不是會照顧我？」

男人說是。

女人問男人：「你是會跟我結婚的吧？」

男人說是。

女人無論說什麼，男人都說：「是，是，是。」
結果男人違背諾言，見異思遷，痴心的女人為他找藉口開脫，問他：
「是不是那個女人主動的？」
男人說是。
女人問他：「是不是已經離開了她？」
男人說：「是，是，是。」
女人問：「是不是仍然愛著我？」
男人說：「是的。」
是女人的「不」虛偽，還是男人的「是」更虛偽？

數臭

一個女人，公開數臭前任男朋友，這樣做對她有什麼好處呢？好處可能只是發洩了一場，壞處倒有不少。

把那個男人的臭事統統揚出來，他假情假意、好吃懶做、吃軟飯、出手低，說到底也是自己有眼無珠，遇人不淑。

他若是存心欺騙，財色兼收，自己那麼笨上了當，難得揭開他的真面目，匆匆離開好了，別人問起你是否跟他有過一段情，連忙指天誓日否認，以保清譽，誰會蠢到站出來數臭他？數臭他，就是閣下被騙了，賠了夫人又折兵，誰會同情你？敵人還在捧腹大笑呢。

以受害人身分站出來，提醒姊姊妹妹們不要再上這個男人的當？這也是不必的，這麼偉大幹麼？你以為這種故事真的可以警世嗎？

如果這一刻，正有一個女人愛上他，男人還可以說你因愛成恨，捏造事實數臭他。當一個女人迷上一個男人，她絕不會理會他的前任女朋友說什麼，即使她因此懷疑他，她也會相信這一次，男人是認真的，跟以往不同。

以數臭他來報復，要他以後抬不起頭做人，永不超生？這也未免有欠風度，變成潑婦，好男人還敢來嗎？自絕後路是最大損失。女人要記住，你數臭一個男人的當下，你和他一樣臭。

我永遠不要讓你知道

以前，我會說出很殘忍的話，譬如：

「我喜歡你，但我不愛你。」

「你的年紀可以做我爸爸了，別妄想。」

當對方在晚上打電話來剖白他的心事，訴說著愛的痛苦時，我甚至會擱下話筒上洗手間去。回來的時候，拿起話筒，冷冷地問他：「你說完了沒有？」

他竟然不知道我曾經離開。

某天，我忽然想起，我好像已經很久沒說過太殘忍的話了。

不愛一個人，根本不必讓他知道。歲月流逝，他會死心。

年紀可以做我爸爸，不是什麼罪過。什麼年紀，都有權愛上別人，甚至愛上不該愛的人。

我也不會放下話筒上洗手間，由得對方在那邊自說自話了。

那些殘忍的話，曾經多麼傷害對方，都是我的罪孽。

並不是我現在聽到人家對我說同樣的話，所以我慚愧，而是我愈來愈覺得，有些話不說出來比較好。

什麼也不說，其實更殘忍。我永遠不要讓你知道我愛不愛你，也不會讓你知道我心裡想些什麼。

看！我比以前更殘忍。

因爲沒時間了

我們做一件事或不做一件事，往往都是因為沒時間。

你告訴他，你喜歡他、愛他，因為，你沒時間了，不想再互相猜測。早點告訴他，那就可以早點開始，讓他早點愛你。

你是從來不肯說對不起的，這一天，你跟他說對不起。因為，你沒時間了，年紀已經不輕，尋尋覓覓，終於在人海裡找到他。他是最好的，失去了他，你沒有信心可以找到一個和他一樣好的。你們的性格太相似了，常常吵架。每一次吵架，你都灰心地想到，你們是不是應該分開？可是，見不到面的時候，你卻又思念他。再不和好的話，他也許就會走。你唯有跟他說一聲「對不起」，請他不要走。

你很想和他吵架，但你最後還是沉默，因為，你沒時間了。明天還有很多事情要做，心裡還有很多煩瑣的事，如果吵架了，便什麼心情都沒有，那麼，不如算了。

你很想跟他討論一下你們的關係，也許，你們都不適合對方，不應該再在一起，然而，你還是把這種想法按下去了，因為，你真的沒時間。你沒時間跟人分手。

相愛需要時間，分手也需要時間——要哭、要傷感、要復原。我們太忙了，實在負擔不起。

一推、二托、三安定

在一本雜誌上看到一個文胸廣告。廣告內的魔術胸罩號稱有三環功效。三環是一推、二托、三安定。

一推，是將胸部往上推擠。

二托，是將胸部托起。

三安定，是固定胸形不滑動。

一推、二托、三安定，不正是男人用來哄騙女人的三招嗎？

當女人說：「我想結婚。」

男人一推，是推搪。二托，是托詞，譬如說：「我姊姊還沒有結婚，我不能比她先結婚。」三安定，是安撫她：「結不結婚，我都一樣愛你。」

當女人質問男人：「你愛她還是愛我？」

男人又使出這招一推二托三安定。先是把責任推在第三者身上，比方說：

「她說要自殺，我暫時不敢離開她。」然後就是襯托，將兩個女人比較，乖巧地說：「你什麼都比她好。」跟著便是安定，安撫她說：「你給我一點時間好嗎？」

男人拋棄女人時，也是使出這招一推二托三安定。一推，是推在自己身上，比方說：「是我不好，我不值得你愛。」二托，是托詞，明明是自己變心，卻說：「也許是時間的錯誤。」三是安定，分手的時候，這招最重要。為了防止女方自尋短見或死纏爛打，男人情深地說：「即使分開，我仍然像以前一樣關心你，你有什麼事都可以找我。」

女人有一哭二鬧三上吊，男人也有一推二托三安定。

而愛情，真是一命、二運、三風水。

一生最重要的兩個字

如果要選出一生中最重要的兩個字，你會有什麼選擇？

有人選「美貌」，有人選「財富」，有人選「健康」，有人選「生命」和「自由」，一個幸福的女人說是「老公」。

生命中最重要的、對我們影響最大的兩個字，難道不是「時間」嗎？

有美貌、財富、生命、自由和健康，但是上天給你的時間太短，也是沒用的。再好的丈夫，上天只把他賜給你三個月，那是悲劇。

我們都受制於時間。年少時候，你總希望日子過得快一些。年長之後，你驚訝時間竟然過得那麼快，要留也留不住。

你本來可以把一件事情做得更好，但時間不夠了。人的遺憾總是：「如果我有多些時間……」然而，時間太長，也是遺憾。如果這一輩子只做十五年夫妻，你們是神仙美眷，是完美的，但是你們做了二十年夫妻，由結婚第十六年開始，他有了外遇。

如果只做五年情人，你們將會永遠懷念對方，可惜你們做了六年的情人，那最後一年糟透了。

時間治療痛苦，也加深了痛苦；它有時候太長，有時候又太倉促。

Why you?Why me?Why not?

我們這一生常常會問兩個問題：

Why you？

Why me？

當一段愛情開始的時候，我們會禁不住問「Why you？」，千萬人之中，為什麼是你？我也許愛慕過別人，但是，他們並沒有愛上我，只有你不一樣。終於，我恍然明白，你才是冥冥中注定的那個人，其他的人，都只是為了恭迎你的出場。

為何是你，愛我如此之深，使我含笑驚嘆「Why you？」；又是什麼驅使我們對一個人如魔似幻地嚮往？

然而，當一段愛情完結的時候，我們卻也曾不甘心地問：「Why me？」為什麼是我失戀，而不是別人？我做錯了什麼，你要這樣對我？

第一個問題跟第二個問題，永遠不會有答案。然後有一天，我們會問第三個問題：「Why not？」——為什麼不能夠有這種愛？那個晚上，我在家裡看一部電影《小可愛》，聰明剔透的女主角從一開始就對她的音樂家丈夫說：「你不用像我愛你般愛我。」終其一生，她忠於自己這句話。

曾經，某個人對我說：「你是不愛我的，但我愛你。」那時候，我還不能夠理解這種感情。因為，我從來不會愛一個不愛我的人，我也不會愛一個他愛我不像我愛他那般的人。直到這夜，看著一幕幕精采動人的戲，我突然明白，「你是不愛我的，但我愛你」是多麼浪漫和高貴的一種愛情。

事到如今，我得承認，我是不懂愛的，我也不夠高貴。但是，我被很高貴的人愛著。

你一定是對的

當你瘋狂地愛著一個人而所有人都說你是錯的，你不必相信自己是對的。錯又何妨？

當你離開一個人而所有人都說你是錯的，你必須相信自己是對的。錯了又怎樣？已經不可能回頭。

有人在跟舊情人分手以後，不停懷疑自己是否做對了。自從離開他之後，她沒遇過一個比他好的男人，有了比較，她才知道自己當初不懂珍惜，她開始承認自己做錯了。

這不是自討苦吃嗎？不如相信自己一定是對的。

一定是他有許多缺點，一定是你們無法相處，你才離開他。你不是一時衝動，也不是對他太苛刻，你這一輩子做得最對的一件事就是離開他。

你必須這樣相信，才是愛自己。

午夜夢回，覺得寂寞和後悔的時候，你要再一次告訴自己，離開他是對的。只有這樣堅定不移，你才能夠擺脫他，找到一個比他好的男人。

事實上，你不一定是做錯了，每當我們做了一個抉擇，我們總會懷疑自己是否應該選擇另一種做法，卻不知道根本不可能再選擇。凡是不能回頭的愛，你也應該相信自己離開得對。

一輩子飲恨

曾經有一位美人說，美麗是一種負擔。要時刻保持美貌，當然是一種負擔，可是，很多女人都但願能擁有這種負擔。

舊情人也是一種負擔。這種負擔大部分女人都有。為什麼是負擔？你要時刻保持美貌，預備有一天在街上遇到你的舊情人。

一個女孩子來信說，那天她剛好穿了一套舊衣裳和一雙破舊的皮鞋，絲襪又剛好勾破了。她放在皮包裡的吸油紙也剛好用完了，她臉上滿是油光。偏偏就在這個時候，她跟她的舊情人擦身而過。她想假裝看不見他，但他看到她了。

她已經不愛他，正因為她不愛他，她才不可以讓他看到她這副糟糕的模樣。她不停地責備自己，她說，再見舊情人，不是應該讓他看到她漂亮了許多，讓他懷念她的嗎？

是的，她說得全對。每個女人都希望舊情人後悔。每個女人都幻想與舊情人重遇的一刻，舊情人對她刮目相看，重新燃起欲念，然後她高傲地拒絕他。

為了舊情人，我們必須保持最好的狀態。我們絕對不能讓自己變醜和變胖。即使變老了，也不能變得比他老。你不一定有機會碰到他兩次。第一次沒做好準備，也許就會一輩子飲恨。我們要努力使自己漂亮，讓他飲恨。

我們變調了

有時候，愛情會變調，生命會變調，人也會變調。

你以為找到了一支生命中最動聽的樂章。你和他水乳交融，不可能再愛另一個人了。可是，有一天，他說：「也許我並不適合你。」

那一支歌，頓成絕唱。

他說他對你再沒有感覺。沒有愛的感覺，也不會有痛的感覺。

什麼是感覺？不如說，我們的愛情變調了。

兩個人相遇相愛的時候，兩支歌交會，變成一支歌。我們的音符本來不一樣，時間也不相同，兩支歌卻出奇地配合得天衣無縫。忽然有一天，這一支歌又變回兩支不同的歌，調子愈來愈無法結合。我們成長的步伐不同了，我們不再那麼了解彼此了，甚至於我們所說的每一句話，互相都有所不一樣了。

情是什麼時候變調的？既然調子已經變了，何必還去追問？他說：

「你會找到一個比我好的人。」
你微笑說：
「但我不會再對人那麼好了。」

名分、愛和錢

女人肯不要名分，只有兩個原因——得到很多很多的錢或是很多很多的愛。一個女人願意把她的青春放在一段無名分的關係之上，應該早就決定了要的是錢、是愛還是名分。

女人實在比男人幸福，男人從來不能夠用名分得到些什麼好處，男人總不成對女人說：

「給我一個名分，如果不給我名分，就給我錢，或者給我愛。」

名分這回事，彷彿是女人的專利，也是女人的籌碼，只有女人可以理直氣壯地跟男人說：

「給我名分。」

女人為名分苦惱，名分卻也為女人帶來了很多利益。女人得到名分，便得到男人的一切，她是他太太，於是可以名正言順與他過著跟他同一水平的生活。

要是將來有一天他想要拿走她的名分，他得分給她許多許多的錢。

女人得不到名分，好處可能更大。男人無法給一個女人名分，自會給她許多的錢來補償她。她的生活，說不定過得比他太太還要好。

沒有錢，又不能給女人名分的男人，唯有給女人許多許多的愛，使女人明白愛與名分在多數時候是不能並存的，有了名分，或許就沒有那麼多的愛。

名分這東西一直都是屬於女人的，她可以拿來交換愛或是錢。

不再了不起

你上一次覺得自己很了不起是什麼時候？

別說你從來不覺得自己了不起，人總有自戀的時刻。假如你真的沒有，那你實在太謙虛了。

想起那些自以為了不起的時刻，也會有點臉紅吧？

當時以為自己說的話或者做的事很了不起，後來，經歷的事情多了，才發現從前多麼幼稚。當時以為了不起，真的是太沒內涵。

有的人曾經在課堂上挑戰老師，幾十年後，老了，依然回味那天的一切，卻也會老實地說：「那時以為自己很聰明，現在會感激老師當年的包容。」

老師能夠包容學生，或許因為他們也是過來人吧？

年少蒼白的日子，不知道世界之大，不知道人的渺小，喜歡表現自己的深度，自以為是個特別人物，這都是可以原諒的吧？誰沒有年輕過？誰沒有誇大過自己一點小小的成績，在不被欣賞的時候，依然自我陶醉、高傲卻又哀傷地愛著自己？

然而，到了一把年紀，還是經常自命不凡，那便是對自己不誠實了。這樣的人，也是長不大的。

青睞

一個女人常常對有意追求她的男人說：「我已婚的上司說，只要我願意的話，他會照顧我，他意思是指物質上。可是，我不稀罕。」

女人以為這樣可以抬高身價，也表示她清高，可是有骨氣的男人都跑開了，不想追求她，嫌她太俗。

女人真正的清高，是絕口不提這種附帶物質的青睞，因為這種青睞玷污了她。她常常提及，只表示她曾為此沾沾自喜。

最怕看見女明星在報章上說，股壇猛人曾經想照顧我呢！富商要送一所房子給我呢！公子送我一套名貴首飾，有人送一輛名廠房車給我做見面禮，又有人願意用三千萬照顧我。然後，我拒絕，決定自力更生。

把這些隱私公諸天下，只有一個目的，是要告訴觀眾：我顛倒眾生，而且清高。好像作為一個女明星或女人，而從來沒有一個富有的男人向她提出照顧，甚至為她傾家蕩產的話，便不夠有地位，不夠有魅力。

一個男人，如果真正尊重一個女人，絕不會在一切尚未開始之時，便誘之以利。他們只是把這個女人當作交易的對象，不在乎愛情，而在乎肉體。這種青睞，有什麼光彩可言？既然看不起這種青睞，又何必常常掛在嘴邊？

對你發脾氣

女人心情不好，或是遇上工作壓力，最想找個人發發脾氣。那麼，該找誰呢？對朋友發脾氣，會得罪朋友，況且，朋友並不是給你發脾氣用的。對著陌生人發脾氣，既無補於事，也不知道會有什麼後果。

女人左思右想，很快就發現，對身邊那個男人發脾氣是最痛快的，可以減壓，也不怕得罪他。

他愈愛她，愈遷就她，對她愈好，她愈會對他發脾氣，因為她知道，怎麼發脾氣，他都不會跑掉。

我們的脾氣，總是對著最親密和最愛我們的人發洩的，換句話說，我們欺善怕惡，只會對不敢還手的那個人發脾氣。我們只敢欺負小羔羊，絕不敢欺負大野狼。

當一個男人深深愛著一個女人，他就是她的小羔羊。心裡難受的時候，她當然要把這隻無辜的小羔羊揪出來虐待一番。

不知道為什麼，每次虐待完這隻小羔羊之後，她都覺得心情好多了，彷彿做了一次舒服的全身按摩。

她會內疚嗎？那自然是不會。她愛小羔羊，才會讓他看到她最真實的一面。她愛他，才會對他發發脾氣。天底下，就只有他是罵不還口的。她回報他的方式，就是心情好的時候對他柔情蜜意一番。

那麼，可憐的男人受氣之後又對誰發洩呢？那還用說，當然是對他的下屬發脾氣。要是沒有下屬可以發脾氣，那就只好喝幾口啤酒解解悶了。誰叫你寵壞了你愛的那個女人？

不要盯著一杯水

從廚房走出來，手裡端著滿滿一碗湯，生怕湯會灑出來，於是盯著那碗湯，可是，愈是盯著湯，它愈灑出來，燙傷了手，這種經驗，很多人都有。想要湯不灑出來，秘訣是不要盯著那碗湯。

銀盤比賽中，沒有一個參賽者會盯著銀盤上那只水杯的。你愈死盯著那杯水，愈害怕它會灑出來，它愈會灑出來。

太緊張，太死心眼，往往事與願違。

你愈想得到一個人，愈不要死盯著他。

你愈害怕失去一個人，愈不要死盯著他。

我們失去的，通常是自己最在乎的東西，可知道東西也會欺負我們？你總是失去你最心愛和最昂貴的一把雨傘，傘猶如此，何況是人？

你死命盯著一個人，不肯放鬆，戰戰兢兢，如履薄冰，只會令他窒息，你早晚會失去他。

你想得到他，便不要望他一眼。

你愈不望他，他愈想你望他。

你愈不管他，他愈死心塌地。

你愈害怕失去，愈會失去。

等候適當的時光再遇

Chapter Five

遊走在我們身邊的人，也許都在等候一種領悟，
等候適當的時光再遇，時間對了，你便會愛上他，
幸好，你們今生還是遇上了。

放棄了就不要可惜

女孩子說，她和相戀四年的男朋友分手，因為她愛上了另一個男人，可惜這個男人很花心，她只是他女朋友中的一個，她愛得很辛苦，卻捨不得放手。她問自己，她放棄一個很愛她的男人而去愛一個不愛她的男人，這是錯的嗎？

她放棄一個很愛她的男人，但她不愛他，既然如此，為什麼要後悔？

你不愛他，他多麼愛你，他待你多麼好，他的條件多麼優秀，也是徒然的。自己不要的東西，為什麼還要可惜呢？既然你甘心情願放棄，你就沒資格可惜。他曾是那麼慷慨地等待你，他本來是你的，你自己選擇不要，那就永遠不要可惜。

世上有很多東西是可以挽回的，譬如良知，譬如體重，但是不可挽回的東西更多，譬如舊夢，譬如歲月，譬如對一個人的感覺。你曾經愛過他，但是那份感覺已經逝去了，無論多麼努力也是無法挽回的。

放棄一個很愛你的人並不痛苦；放棄一個你很愛的人，那才痛苦。愛上一個不愛你的人，那是同樣痛苦。

也許你還年輕，等你年老一點，你就不會那麼笨，放棄一個愛你的人而去愛一個不愛你的人，那時你已經沒有太多青春去追尋一個遙不可及的夢。

我還不夠好

結婚，根本不是你承諾我一些什麼，或是我給你什麼承諾。

假如要結婚，是我對自己的承諾。

結婚，既是兩個人的事，也是一個人的事。是兩個人的事，因為我不能跟自己結婚。是一個人的事，因為我對自己沒承諾，也就不懂得對你承諾。正如我要學會愛自己，才能夠愛你。

對自己承諾，便是知道自己想要一個怎樣的人生。那不是你提供給我的人生，而是和你結婚之後，我的人生會變成怎樣，我的自我又會變成怎樣。結婚之後，我答應過自己的事，我能夠做到嗎？假如做不到，那麼，我還是不適合結婚的。

結婚，也是我對自己的期望，而不是對你的期望。對你有期望，是會失望的；對自己有期望，卻是鞭策。

不結婚的理由，不是你不好，只是我還不夠好。

等候適當的時光再遇

有時候，買了一本書或者一張唱片回家，唱片聽過一次之後，不怎麼喜歡，於是長久放在抽屜裡。那本書，翻過幾頁之後，就一直放在一旁。

過了很久之後，你在書架上偶然發現這本書，一看之下，竟有相逢恨晚的感覺，這麼好的書，為何你忘記它的存在？如果早一點看到，你的境界也許都會跟現在不一樣。

然後，某年某天，你打開抽屜，無意中看到那張只聽過一次的唱片，你再次把它播出來，那動人的旋律和歌詞竟使你震撼，原來你一直錯過這麼好的歌。那時為什麼會不喜歡呢？

每個人總會有一兩本忘記了的書或一張沒印象的唱片，時光流逝，偶爾再會，才懊悔自己錯過了一本好書，遺忘了一首好歌。

也許，那不是遺忘，而是時間不對。第一次聽那張唱片的時候，它不能觸動你心靈，因為大家心境不同。那本書無法讓你驚豔，只因為當時你還沒有那種領悟。

遊走在我們身邊的人，也許都在等候一種領悟，等候適當的時光再遇，時間對了，你便會愛上他，幸好，你們今生還是遇上了。

地鐵上的王子和公主

有沒有發現地鐵上有很多王子和公主？

地鐵上的王子是給他身邊的女孩捧出來的。

這個「王子」看上去很平庸卻面有得色。每當他說話的時候，他身邊的女孩總是不住點頭，深情款款地望著他。

男孩不說話的時候，他身邊的女孩會不甘寂寞，用手去撫弄他的頭髮，在他的頭髮上打圈圈。當男孩做出一副怪責她把他的頭髮撥亂的表情，女孩只好停下來，痴痴地凝望著他的側臉。可是，過了一會兒，她卻又忍不住動手為他擠掉臉上的暗瘡。男孩自始至終驕傲地坐在那兒，他是她的白馬王子。

地鐵上的公主通常是去赴一個男孩的約。

當列車駛離月臺，進入漆黑的隧道，女孩便開始對著兩扇反光的車門補妝，她旁若無人，把車廂當成她的私人化妝室。下車前，她終於滿意了。她甩一甩頭髮，咧咧嘴，臉上露出自信滿滿的微笑。她在別人眼中並不漂亮，可是，她要去見的那個男孩肯定把她寵成了公主，常常告訴她，她長得多美。

於是我明白，男人的自信來自一個女人對他的崇拜，女人的高傲來自一個男人對她的傾慕。

你絕對不用說「我愛你」

以前的女人很害怕男人不肯說「我愛你」，現今的女人愈來愈堅強和獨立，並不是一定要男人嘴邊常常掛著這三個字。當他對她說出這三個字，她也許會害怕，不知道該怎樣回答他。

「我愛你」這三個字是一項承諾，女人再不願意被承諾束縛。即使很愛一個男人，如果他說了「我愛你」，女人也就不必說。女人通常是被拋棄的時候才說「我愛你」。

當他說「我愛你」，女人可以說「我也是」。這個答案比較含蓄，而且，男人跟女人不同，他不會追問：「『我也是』是什麼意思？」

當他說「我愛你」，你可以反問：「真的嗎？」狡黠地把「我愛你」三個沉重的字輕輕撥開。

當他說的「我愛你」在那一刻感動著你，你大可以說「我也愛你」，這跟「我愛你」是不一樣的。

當他說「我愛你」，你可以問他：「一直都愛嗎？」

當他說「我愛你」，你可以不用回答，只是靜靜地、深情地看著他。

當他說「我愛你」，你可以既幸福也感傷地說：「等我老了再跟我說吧，那時我會比現在更相信。」總之，你絕對不用說「我愛你」。

最好的春藥

世上並沒有長生不老藥，這點我們早已知道，但我們一生總難免要吃藥。有的人吃藥成癖，身上常常帶著幾十種藥，沒病也要吃藥。有的人堅持到最後一分鐘，痛楚難當才吃藥。當然，有另一些藥使人沉迷，早已成癮。

吃藥是生理治療，也是心理治療。對那些經常懷疑自己生病，要醫生開藥的病人，醫生給他們的是普通的維生素丸，即是所謂的安慰劑。

好些治病的藥是要吃一輩子的，是一個包袱。好多年前，一對瑞典父子發明一種抗衰老藥，風靡一時，可後來再也沒聽說有人吃了。或許，世上最好的抗衰老藥是快樂。

女人的抗衰老藥是愛情和自信，男人的抗衰老藥是權位財勢。失勢的男人會突然衰老，失戀的女人老得更快，直到她再次戀愛。

有一種藥，男人用得比女人多，那是春藥。吃春藥的男人分為兩類——追求極樂和想重振雄風的。吃春藥的男人跟吃類固醇的運動員不同，後者欺人，前者自欺。如果可以，何苦吃春藥？

最好的春藥是愛情，男女皆然。沒有了愛情，再好的春藥不過是一晌貪歡。

只能轉變，不能改變

女孩子說：「我願意為他改變。」

說這句話，未免太不負責任，誰也不可能為誰改變。

為一個人改變，並不是什麼感人肺腑的承諾，只是一種甜言蜜語而已。

如果有了愛情就可以改變，那麼，很多戀人根本不用分手。

我們只能轉變，不可能改變。

你跟一個男人相戀，受他影響，同時因為愛他，你反省自己的人生觀、行為、習慣和價值觀，你從他身上看到一番新的天地，是你從前看不見的。

你在他身上學到一些品質，是你本來沒有的。你從他身上學會了人情世故，你學會了關心別人，你學會了追求知識，你學會了上進，你學會了不去傷害一個愛你的人，你學會珍惜。

你本來是一只空的杯，現在裝了大半杯水，你的世界和視野不同了，也因此，你的價值觀、你待人接物、你的智慧，也跟從前不同了。

你沒有改變，依然是一只杯，只是裝了水。

你並不是刻意為他改變而改變，你只是長大了。人大了，自然會轉變，你沒為誰改變。

我們相逢的機率

C說，他在歐洲回港的班機上，遇到一位女孩子，大家攀談起來，他驚訝地發現這個女孩子是他以前女朋友的舊同學，她和她在念書時是很要好的一對。

這麼多年來，他已經失去她的消息，只知道她為了永遠不要再見到他，悄悄地搬到一個遙遠的地方。

在飛機上，他戰戰兢兢地問身邊的女孩子：「你最近有沒有見過她？」

雖然答案令他失望，然而，在那十多個小時的航程裡，他依然被這一次巧合的相遇震撼著。在空中與被他辜負的女人的舊朋友相逢，這是多麼渺茫的事！可是，卻真的發生了。

對不起，我要潑他冷水。

每當我們在離家很遠的地方遇到一位陌生人，並發現彼此擁有共同的朋友，大部分人都會非常訝異。

麻省理工學院一群社會科學家做了一個研究，他們發現在美國隨機選出兩個人，平均來說，每個人差不多認識一千人，所以雖然這兩人彼此認識的機率是十萬分之一，可是他們共同認識一位朋友的機率，會遽升至百分之一，而他們經過兩個中間人認識的機率，事實上比百分之九十九還高。換句話說，如果在美國任意選兩個人——彼得和瑪莉，那麼幾乎可以肯定彼得的某位朋友的朋友認識瑪莉。

是不是很不浪漫？這個故事教訓我們，不要為任何巧合太興奮或過分傷感。只是，你和我都寧願繼續相信，某些相逢，是命裡注定。

你渴望得到什麼？

有人問我：「你最渴望得到什麼？」

那要看在什麼年紀啊。

小時候，我渴望長大。

長大後，我渴望不要長大。

後來，我渴望愛情。得到之後，我重又發現，我所追求的愛情，也許是不存在的。

這一刻，我渴望快樂，只要快樂就好了。

將來，我渴望無求。

人若能無求，就很寫意了。

無求是物質和心靈的無求。有足夠過生活的金錢，不需要營營役役，不需要勉強去做自己不喜歡的事，那是物質的無求。物質無求，心靈也就無求了。

人到無求，智慧便會增長，胸懷也不同了。

將來的將來，我渴望瀟灑。

人總是把自己做不到的事經常掛在嘴邊，放不下的人常說要放下，心胸狹窄的人常說要豁達。我們渴望無求和瀟灑，也許是因為知道自己距離那個境界還是太遙遠了。

要麼就相親相愛，要麼就分手

有個女孩說：

「假如對方因為我的外貌變得糟糕而不再愛我，那麼，我也不會愛他。」

變糟糕和變老是兩回事。

每個人都會老，但老了不一定就會變得很糟糕。因為你老了而不再愛你的人，當然也不值得你愛。但是，你無節制地吃東西，把自己弄得愈來愈糟糕，這可是你不自愛在先，怪不得別人。

有些女孩子才二十多歲，看來卻像三十多歲。她們不是無節制地吃東西，而是無節制地喝酒、交男朋友、過夜生活。你不愛自己，你又有什麼資格埋怨別人不愛你？

假如你的男朋友毫無節制，每天只管吃和睡，不肯工作，只愛賭錢，因此債臺高築，要你為他去借高利貸，他甚至吸毒，你依然會愛他嗎？

無論你曾經多麼愛他，你也會死心。是他首先不自愛，怪不得任何人。假如他愛你，也不會這樣傷害你。

他無權怪你撇下他，事實上，是他首先撇下你，他違背了承諾，在感情的道路上，他自己選擇了另一個方向。

我們要麼就相親相愛，要麼就分手，沒理由一起墮落。

你愛誰，誰就是你的王子

這年頭，誰還會等白馬王子出現？世上根本沒有白馬王子，也沒有白雪公主。那不過是童話故事，要是你相信，是你傻。

王子是有，也是沒有。你愛誰，誰就是你的王子。

你的王子不需要身高一米八三，不需要長得帥，不需要很富有，是你用愛把他變成王子，是他對你的好使他成為你獨一無二的王子，是你們之間的默契和幸福使他成為你今生今世的王子，是你同他之間的款款深情使他成為快樂王子。

於芸芸眾生之中，我們相遇相愛，我們為對方停下了匆促的腳步，再三回首。路再難走，始終捨不得放開你。為什麼只有你能夠進駐我心，一直到底？為什麼我只願意對你敞開我自己？愛若非我們為彼此戴上的閃亮的冠冕，又是什麼？

直到一天，我們都老了，齒搖髮白，牢牢握住彼此的手蹣跚地走路，我們也還是戴著漂亮冠冕的老王子和老公主。

沒錢？沒工作？沒男友？沒關係！

剛剛大學畢業的J和K，仍然找不到工作，又被男朋友拋棄，手上僅餘的錢，也不敢亂花。但K比J樂觀。K相信，希望在明天。

沒錢、沒工作、沒男朋友，雖然很慘，還不至於是世界末日。

沒有明天，才是世界末日。

有一位女讀者每年書展都帶著一束漂亮的花來找我。今年，她告訴我，她媽媽最近遇到意外喪生了。這個漂亮的女孩子以前有很多感情問題。現在，她願意用所有這些痛苦和煩惱來交換她媽媽的生命，也不可能。她媽媽永遠不會回來了，現在只剩下她爸爸、弟弟和她。她要負責家務。她說：「我現在才知道洗衣服和做飯是很辛苦的。」

比起生命，錢、工作和男朋友又算什麼呢？你曾經以為那個痛苦好比一塊大石頭那麼大，多少年後，當你經歷更多，你會發現，那個你曾經以為很大的痛苦，不過像一顆紅豆那麼小。然後，你會微笑承認，你有時候把事情看得太嚴重了。

只要還活著，而且有夢想，明天，你會找到工作、男朋友和錢。

太老而又太年輕

有沒有發覺，你已經太老去犯一些錯誤，卻又太年輕去得到一些好處。

你很想退休，逍遙自在，但是你太年輕了，還沒存夠錢。

你很想有很多錢，但是你比別人遲出道十年，形勢不同了，你幹的這一行，賺錢不及從前容易，都怪你太年輕。

你很想變得豁達，什麼都可以一笑置之，但是你太年輕了。豁達，畢竟是需要一些時間的。

你很想受到尊重，有點江湖地位，對不起，你太年輕了，等你老一點再說吧。

你以為自己年輕，卻又已經太老去犯一些錯誤。

你不會再像十七歲的時候那樣，不顧一切地去愛一個人。二十七歲的你，一點也不老，卻知道不顧一切之後，沒有人會替你收拾那個爛攤子。

你已經太老去私奔和暗戀別人，雖然你還不過是二十八歲。
你已經太老去只要愛情，不要麵包，雖然你才不過二十九歲。
你已經太老去跟一個不會跟你結婚的人談戀愛，雖然你才三十歲。
你已經太老去傷害身邊的人。因為，你過去經歷的事使你明白，讓愛你的人傷心，那是很不負責任的。
你已經太老去被人騙財騙色。
你已經太老去說任性。
你已經太老去做第三者。

我不會等到那一天

有人會說：「雖然他心裡愛著別人，但我會一直等他。」

既然他愛著別人，為什麼還要等他呢？

他們回答說：

「因為愛呀！」

我永遠不會等一個不愛我的人。這種等待，誰知道要等多久？誰知道會不會有完美的結局？

為一個不值得的男人等待，是浪費青春。為一個愛我的男人而等待，才是有價值的。

常常有人問：「我還要等下去嗎？我身邊有許多誘惑。」

那你到底有多愛你等的那個人？

所有身邊的誘惑是不是比不上遙遠的思念？

等一個不愛自己的人，是愚蠢的。他並不知道你在等他。即使知道了，他也只會憐憫你，甚至無動於衷。

我為什麼要等你呢？你甚至不會思念我。

在賈西亞·馬奎斯所著的《愛在瘟疫蔓延時》一書裡，阿里薩等他所愛的女人費米娜等了五十三年七個月零十一個日日夜夜。當他們終於可以親熱時，兩個人都已經雞皮鶴髮了。我絕不會讓自己等到這一天。即使是等自己最愛的人，我也只能等到我的皮膚失去彈性之前。如果你愛我，你不會捨得讓我等到那一天。

三十四天

男人跟女人同居了十年，結婚三十四天以後，女人另結新歡，向男人提出離婚。

男人悲痛地說：「才不過三十四天，三十四天她就變心了。」

如果她不愛你，三十四天和三十四年有什麼分別？

如果她跟你在一起三十四年才不愛你，不是更難受嗎？

「不。」男人說，「如果有三十四年那麼長，還比較好受。」

無法接受，只因來得太突然，和時間無關。

一段三十四年的婚姻破裂了，我們覺得惋惜，卻也相信人生就是這樣。

一段三十四天的婚姻破裂了，我們卻呼天搶地。這不也是人生嗎？

長和短毫無意義，愛與不愛才有意思。

我只想告訴男人，一段三十四天的婚姻變成這樣，問題絕不在這三十四天，而是三十四天以前那十年的同居生活。

不要自欺，那十年也一定有很多問題，只是，男人不察覺，也不承認，女人拖拖拉拉，將將就就地結婚，以為可以有一個新的開始。

婚姻從來不能用來挽救一段破碎的愛情，破碎的愛情只能得到破碎的婚姻。

另一種人生

曾否有一刻，你想要過另一種人生？

做著另一份工作，在另一個圈子，擁有另一些朋友，也談另一段戀愛。

另一種人生，也許不會比現在快樂。然而，有那麼一刻，你很想知道，你的另一種人生會是什麼光景。

想要過另一種人生，並不是厭倦了現在的生活，而是了悟人生的短暫。既然那麼短暫，只過一種人生，會不會很乏味？一生只有一個身分，好像也太沉悶了。

忽然明白，為什麼有些人會把生活分成日和夜，白天是一個人，夜晚又是另一個人。其中的經典，是小時看過的一部電視劇，忘記了劇名，主角是個醫生，白天他是仁心仁術的醫生，到了夜晚卻是個變態的殺人魔。

可是，要是長期過著雙重性格的生活，成了規律，也就等於過著一種人生。

我們害怕的，也許是千篇一律的日子。

千篇一律的日子是最安全的，也最枯燥。換了另一個身分，是很刺激的，卻也是危險的。

想要過另一種人生，也許永遠只是想想罷了。

國家圖書館出版品預行編目資料

後來我學會了愛自己/張小嫻著. -- 初版. -- 臺北市：皇冠文化出版有限公司, 2022.07
面；　公分. -- (皇冠叢書；第5036種)(張小嫻愛情王國；16)
ISBN 978-957-33-3900-7(平裝)

855　　　　111008360

皇冠叢書第5036種
張小嫻愛情王國 16

後來我學會了愛自己

作　　者—張小嫻
發 行 人—平雲
出版發行—皇冠文化出版有限公司
台北市敦化北路120巷50號
電話◎02-27168888
郵撥帳號◎15261516號
皇冠出版社(香港)有限公司
香港銅鑼灣道180號百樂商業中心
19字樓1903室
電話◎2529-1778　傳真◎2527-0904
總 編 輯—許婷婷
責任編輯—陳怡蓁
美術設計—李偉涵
行銷企劃—許瑄文
著作完成日期—2018年12月
初版一刷日期—2022年7月

法律顧問—王惠光律師

讀者服務傳真專線◎02-27150507
電腦編號◎537017
ISBN◎978-957-33-3900-7
Printed in Taiwan
本書定價◎新台幣380元/港幣127元